二十世紀　病める人の館

石澤富子
Ishizawa Tomiko

而立書房

目次

二十世紀　病める人の館

装幀・神田　昇和

アンデルセンの椅子

――続「絵のない絵本」第三十四夜――

■登場人物

老婦人

老紳士

若い医師

月の声「　」のせりふは女の子の声。

1　ブルーの砂時計の時間

月の声　みなさん、こんにちは、と言ってもみなさんはこのわたしを知らない……そうでしょうね、無理もありません、今は午後、まだお日様がきらきら輝き、天空の中心の光はただひとつ、お日様なのですから。このわたしといえば夜の使者、あの月なのです。そうなのです、わたしは夜の無数の光と同じように闇に輝くひとつの光にすぎないのです。ですからわたしの夜の貌《かお》はきっとご存知でしょう。でも、わたしは昼間だってちゃんと大空をしずかに歩き続けているのです。そして下界を眺め、耳を澄まし、聞いているのです。人びとの声、町なかのいろんなもの音。そこで今日はみなさんに、わたしが見ている昼の景色、そう、一枚の絵をお見せしましょう。

初夏です。わたしは、青あおとした木々に囲まれた広い庭のある「病める人の館《やかた》」と呼ばれる古い洋館を見おろしています。その南の館《やかた》の一室に、わたしをとても惹きつける老婦人がいるのです。いつも華やかな帽子をかぶっているんです、もちろん部屋のなかでも。その人はとても快活で雄弁で社交好きで、でも時どきびっくりするくらいふさぎ込んでしまい、わたしにひと言も話しかけないことだってあるのです。風変わりですけれど感じの良い、ま、わたしの友人といったところでしょう。ほら、もう聞こえるではありませんか、あのご婦人の声。

南の館《やかた》の一室に光がさす……。

正面近くに古風で重厚な飾棚がある。

その上にはいくつもの大きさの異なった砂時計――砂の色も多彩だ――が並べられてある。飾棚のそばに、おそらく幾年も、その日のために置かれているのであろう古びたクリスマスツリーの木鉢がある。

部屋の隅にベッドカバーに覆われたベッド。

中央にテーブル、それを囲んで背凭《もた》れのある木製のどっしりした古風な椅子三脚。

天井近く、縦横に張りめぐらせた紐に、細密な幾何学図形や原色で奔放に描きつけた国旗らしい紙が吊るされている。

部屋の正面奥はバルコニーに通じる大きなガラス戸。

部屋のあるじの老婦人がテーブルに置かれた地球儀をハンカチで磨いていた。

彼女はガウン姿で、羽根飾りと造花をあしらった華やいだ帽子をかぶっている、いつも彼女は帽子をかぶっているのだ。

老婦人　（地球儀をこすり）……少しずつ……ほんのすこしずつ、根気よく……毎日やっていれば……陸も海も、もちろん大きな国も小さな国も……いつか消えてしまう、すばらしいわ。……そうしてなにもかも無くなると……だんだん似てくるのよ、月とか太陽とか、まるくて大きくて輝くもの……すばらしいことだわ……そう、新しい星の誕生、それとも古い星のおわり……どっちかしら……。はじめにもどる、それだわ。ともかくすばらしいことに違いないわ……その日まで、続けましょう……。（磨き続ける）さて、次……。

彼女はひとつの椅子を磨きはじめる。

老婦人　よくって、ハンス、旅行はもういい加減にして帰ってらっしゃい……いいこと、ハンス、たまにはじっくり、これに（椅子を叩き）腰を据えて仕事をしなくちゃいけなくってよ……それが、あんたの……使命……いい言葉だわ、使命、それよハンス。……ほんとにぶってやりたいわ、あたしの苦労を少しは思ってもごらんなさい……あんたの代わりに仕事をするのはこのあたしなのよ。書かなきゃ、あんたがやり残した仕事の続き、月が語ったお話、第三十四夜だわ。……先週のあれは……水曜日、すばらしい考えが閃いた……なにもあたし一人で、仕事をしなきぁいけないってわけじゃない……そうでしょハンス。月を見たことのない人っているかしら？　いないわもちろん。もちろん、いない。みてらっしゃい今に分かるわ、どんなにすばらしい閃きか（笑う）、それが今日なのよ、ハンス。あんたのあのお月様がここに腰かける、そして話すわ。どんなお話か、あたしにだって分からない、それがお話の面白さ、でしょ？　ハンス。……さて、次……。

クリスマスツリーに近づく。吊るされた星を磨く。鈴に触れる。

老婦人　……（ツリーの枝に置かれた綿にさわる）その日がきたら、また新しい雪を降らせましょう。さて……。

飾棚の上に並べてある砂時計の埃を払う彼女。

老婦人　もうお見えになる頃だわ……そろそろお茶の仕度をしなくちゃ……あら……（砂時計を見渡す）まあ、大変！　無い。時間がない……どこへいっちゃったの。大変（砂時計を次つぎに手に取って砂の色を見る）……これじゃない……じゃない……。ないわ、空色のきらめくブルーの時間がないなんて。あの方にはブルーの砂がきっとよく似合う……、ないわ。グリーン、だめ……違う……ブルーの砂時計よ……ああ、あの方の時間が無い……。まさか……。

テーブルに向かう。その上の物をひっかきまわす。ふと、ティ・ポットを取りあげる彼女。ふたをあけ、中を覗く。

老婦人　なんてこと。驚いた、こんなところに……、あたしったら。時間を煮込んだらどうなる？　時が煮えたつ、沸騰する。今日はきっとすばらしい日だわ。そう、すばらしい出会い、たのしいお茶の時間……お話……（ポットから砂時計をつまみ出す）ともかく気は確かだわ、だって思い出したんですもの、ここに入れたってこと。やれやれだわ。さて……。

テーブルにお茶の道具、クッキー、チョコレートを盛った器、ブルーの砂時計など並べはじめる。

老婦人　……いいこと、落ち着かなくっちゃ……気は確かなんですからね……。

ややあって、ドアをノックする音。老婦人、ドアへ向かう……「落ち着くのよ」彼女は言い、それからドアをあける。

老紳士が立っている。山高帽子に古びたフロックコート、黒い手袋をはめた手に古ぼけた手提鞄を持って。

老婦人　まあ、ようこそごきげんよう。お待ちしてましたのよ。どうぞ、どうぞ。

老紳士　（ポケットから白の角封筒を出し）お茶にお招きくださいまして……で、あがりました。お言葉に甘えまして……奥様。

老婦人　ええ、ええ、あたくしの差し上げた招待状ですわ。お庭で散歩の時間に、先週の水曜日、いつも同じベンチに腰掛けてらっしゃるあなたに。美しい初夏の午後でしたわ……。どうぞ、どうぞ。

老紳士、ドア近くの帽子掛けに彼のそれを掛ける。

老婦人　そちらのは、こちらへ……。

老紳士　これ（手提鞄）は、いつも膝の上なんです。習慣でして、わたしの、長年の……。よろしかったら、そうさせては……奥様。もうひとつ、失礼をお許しください、むき出しの手を人様の前に曝すのは嫌いなのでして……手袋はこのままで……。

老婦人　まあ！　でもよろしいのよ、あなた。どなたにでも時が刻み込んだ特別のしるし——つまり習慣をお持ちなんですもの。かまいませんのよ、どうぞお掛けくださいな。そしてそのお膝に習慣をおのせになって。

老紳士　ご親切に……ではそうさせて……厚かまし過ぎるでしょうか……目障りではないか……迷うんです。いっそ捨ててしまえば問題はなにひとつない、分かってるんです、それがそういかない……それも分かっている……。つまり病気は一向に良くならない。

老婦人はお茶の仕度をはじめている。

老婦人　際限がないってこと？　あれかこれか……迷う。まるで時間の交叉点で立ちんぼうしてるみたいに。閉じこめられているんですわ、時間の輪のなかに。ま、いずれあたくしたちの世界がそうなってるんですの。だけどあなた、ごらんになって、砂時計ですわ。

老紳士　……砂の時計ですか、で……。

老婦人　三分ですの。この時計の世界の持ち分の時間ですわ。たった三分なんてお思いになるでしょう、ところがその時間で一つの世界が仕上がりますのよ。つまり、紅茶がおいしくはいるまでの三分なんですの。でも、こうすると（砂時計を逆さにする）、またはじめにかえる。際限もなく繰返しますわ、永遠に。よろしい？　あなた、本当に在るのは今、今の瞬間だけなんですの。それも生まれたての今よ。すばらしいわ。

老紳士　今……生まれたての今……。で、その今はどうなるのでしょう。

老婦人　立ちんぼうなんかしないのよ、（砂時計を逆さにして）ほら、ごらんになって。始めも終わりもなく、ぐるぐるめぐるだけなんだわ。あたしたちまるで時間の回転木馬に乗ってるみたい、すばらしいわ。

老紳士　乗りそこねる奴もいるのです。その回転木馬に……。どうするかといえば、そいつは木蔭のベンチに腰掛けて、自然、目は下の方へ落ちる……地面をぼんやり見つめる……そしてぼんやり思うんです、わたしにはまだ地面が、土が残されている……。

老婦人　まあ、土だけですって。いいえあなた、あたくし、あなたの時間の色は空色だと感じましてよ。それもきらめくブルーなんですの。ほら、この色よ。（手にした砂時計をさす）

老紳士　時間に色がある……色が……思ってもみないことだ……。で、わたしの時間は（砂時計をさして）空色のブルー。どうしてまたほかの、たとえばこんなくすんだ（フロックコートをさし）のではなくきらめくブルー。……そしてわたしの持ち時間は三分。よろしいのです、充分なのです三分で。わたしにそれ以上の後がなくとも、よろしいのです。

老婦人　まあ！　いいえ、あなたのすべての持ち時間じゃなくって、あなたのお紅茶が生まれるまでの時間ですわ。三分。時間の色は断然、空色のブルーです。

老紳士　奥様がそうお感じになられるなら、ブルーで結構です。

老婦人　美しいでしょ。だって、あなた、閉じこめられた時間ですから、永遠に変わらない。
老紳士　なるほど、純粋ってことかな……。
老婦人　時間には色だけじゃなく重さもあるんですわ。三分間の重さですのよ。（砂時計を老紳士へ）どうぞ、時の重さを味わってくださいな、あなたの時間ですわ。

老紳士の掌にのせた砂時計をみつめる二人……。

老紳士　……美しい色だ。今、だけが流れるんですな……なるほど愉快ですな。時をたのしむ、お茶の時間にぴったりだ……。とてもよくできてる時計ですな。
老婦人　お上手ですこと、どうぞごゆっくりなさいまし。お気が向いたらいつでもお越しくださってかまいませんのよ、南の館《やかた》の空に一番近い、あたくしのところへ。
老紳士　……はあ、ご親切ありがとうございます……。空に一番近い……すると奥様の時間も空色のきらめくブルーで……。
老婦人　あたくしのは虹色ですわ。しょっちゅう変わりますの、気ぜわしいくらい。もちろん黒の砂時計もありますわ、万全を期していろんな時間を取り揃えて（飾棚の砂時計を指し）ありますのよ。気分は突然やって来ますもの。
老紳士　……奥様、時間がからっぽになりました。
老婦人　では、はじめましょう。

紅茶を淹れて、勧める彼女。

老婦人　どうぞ。あたくし、今日はロシア風にいただきますわ。あなた、イギリス風にミルク、アメリカ風のレモン、揃えてありますのよ。お好きになさって。

老紳士　……ロシア風……、あの、ジャムをスプーンで……こう、すくって……舐める……。

老婦人　そう、舐めて、それから、お紅茶を……。口に含ませるとあなた……ぬっとりしたコケモモのジャムが……とろけて……まろやかに……まろやかに、ひろがりますわ、体じゅうに……。その時、あたくし、目を閉じて……叫ぶ。あたしは、今、生きてる！　すばらしいわ……。あなたもおためしになったら。

老紳士　……こうですか……（ジャムを舐め、紅茶を飲み、思いきり叫ぶ）わたしは、今、生きてる！

老婦人　やるじゃないの、あなた。いかが、ご気分。

老紳士　一度っきりなんですか、叫ぶのは……。

老婦人　ええ、一度で充分なのよ。だって、人生は一度だけ、って言いますわね。でもよろしかったら、二度なさってもかまわないわ。

老紳士　肝心なのは、そのただ一度、ということでしょうな。……いや結構でした、なんと言うか、玄妙な……大層ふしぎな味わいで……美味と言うべきなんでしょうな。奥様、ところでお茶の葉はなんでしょうか……。

老婦人　玄妙、それですわあなた、だってキーマンとヌワラエリア、つまり中国とスリランカをごちゃまぜにしましたのよ。（地球儀を回す）ここと、ずーっと南のここが、ひとつになったんですわ、空に一番近いあたくしのところで。愉快じゃなくって？

地球儀をみつめる老紳士。

老婦人　ほら、ぼやけてますでしょ、どこがどこの国か、分かりまして。
老紳士　とても変わった地球儀をお持ちで……。
老婦人　明かりもつきますのよ、まるでお月様みたいに輝きますわ。……こうやってただこするだけですの、それでだんだん薄れて、国境も国も陸も海も消えて、しまいにはひとつになるのよ。世界がひとつになる、あたくし、それをしていますの、毎日。
老紳士　大層、変わったお仕事ですな……。
老婦人　なにしろ新しい星をつくるんですからね、手間ひまがかかりますわ。ほかにもまだありますのよ、仕事が。あなたはなにもなさらないの？
老紳士　ええ……。
老婦人　木蔭のベンチに坐ってらっしゃるだけ？　ところであなた、その椅子の坐り心地、いかが？　お気に召しまして。
老紳士　はあ、大層立派な家具をお持ちで……、こちらへ入った途端、すぐに目につきました。いま時には珍しい凝った細工、年代ものです……もちろん、しっくり背中にあいまして、申し分なしです、奥様。

老婦人　それは、アンデルセンの椅子なんですよ。

老紳士　……アンデルセン……、まさか、あの……。

老婦人　ええ、アンデルセン。その通り。ハンス・クリスチァン・アンデルセンです。あたくしの弟です。その椅子に腰掛けてハンスは仕事を、つまりお話を書くんですよ。

老紳士　これが……その、この椅子に……（思わず立ち上がる）アンデルセンが、書く……。でも、失礼ですが奥様……お見受けしたところ日本の方では……。アンデルセンは、たしかデンマーク人でした……それにずっと昔の人で……。

老婦人　その通りですわ。でもあなたは二つのことをご存知ない。よろしい？　ハンスはあたくしの弟です、そしてハンスは今も旅行中なんです。「絵のない絵本」をたったの三十三夜で放っぽり出して……ハンスったらお月様を忘れちゃった、しょうのない子。おかげであたくしが弟に代わって、その後のお話を書き続けなきゃならないんです。それもあたくしの仕事のひとつです。あたしは、アンデルセン家の存在そのもの、だってあたしの名はエヴァ。エヴァつまり存在するってこと。でも、あたしを呼ぶ時、アンデルセンさんでよろしいのよ。

老紳士　はあ……。アンデルセンを弟さんにおもちとは……まったく想像もつかない……そういう方とは……。とてもお近づきになれるなど、なんと申しましょうか、玄妙な気分で……。

老婦人　すこしも驚くことなんかありません。想像もつかないことの連続が人生ですからね。東の館《やかた》の、あなたご存知、鳥博士。……ご存知じゃない。それはそれでよろしいわ、たいした人物じゃない。ナスカ平原の地上絵、知ってますでしょ、石を並べて描いた動物、あれよ。鳥博士はあの鳥を描いたのは自分だって言い張るの、なん百年も前のことなのに、滑稽な人。……ところで、あなた、どうぞお掛けになって、お紅茶がさめてしまいますわ。

老紳士　はあ……。……なるほど、そうでしたか、いただいたお茶の招待状に、レディ・ルナより、つまり月夫人……。お月様が語ったお話を書いたあのアンデルセンさんのお姉様……そうでしたか。なるほど、すると奥様はここではアンデルセンさんと呼ばれているのでしょうな。

老婦人　まあ！　すばらしい方、なにもかもお分かりくださって。あたくしすっきりしましたわ、これでほんとうに打ちとけ合えましてよ、あなた。で、あなたはなんとお呼びするの？

老紳士　北の館《やかた》に住まわせてもらっているんです、幸いここでは国籍を問いませんものでして。お分かりでしょうか……、わたしは混血児なんです。母は日本の女性でした。わたしの流浪の果てにたどり着いたのが母の国だったのです。もちろんわたしには名前がありました。けれども……消し去られたんです。身にふりかかったおぞましさのはじまりがそれです……そして与えられたのが番号……数字、でした。……忘れられない数字が心に刻まれ、苦しめるのです……今だに。

老婦人　まあ……。名前を取りあげられて、番号ですって。まるで昔の囚人じゃありませんか、ひどいわ。

老紳士　実にひどいことでした。わたしの生涯は囚われの一生みたいなものでして……、光はほんのわずかさし込んだくらいのものですな。北の館《やかた》のゼロ。簡単にゼロと呼んでくださって結構なんです。

老婦人　あら、ゼロ、ですってあなた。あなたの時計は止まってしまったのね、お気の毒に。でも、ゼロはいけませんわ。こうしましょう。あたくしだけがあなたに呼びかける名前。おつけしてよろしいかしら。

老紳士　それはもう……よろしいのなんの、そうおっしゃってくださった方は、あなたがはじめてです、アンデルセンさん。

老婦人　まあ、そう呼んでくださってうれしいわ。さて、そうね……あなたに……あなたを……そう、これよ！　アダム。はじまりよ、人間の。男性の。ゼロじゃないのよ、あなたは、はじまりの人。どう？　アダムさん。

老紳士　ああ、こりゃ素晴らしい、アダム……アダム。わたしは北の館《やかた》のアダムです。どうぞよろしく。

立ち上がり、ちょっと芝居じみた大仰なお辞儀をする老紳士。

老婦人　ようこそアダムさん。どうぞお掛けくださいな。どうぞ、どうぞ、召し上がれ。

クッキーを盛った器をすすめる。ジャムを舐め、紅茶を飲み、クッキーを食べる二人。

老婦人　で、ね、あなたご存知かしら西の館《やかた》の、方角を失くしてしまった女の人。ハルピンで生まれた人なの。いつもボロボロの柳行李を持ち歩いてね「日本はどの方角でしょうか」……その人の言える言葉はそれだけなの。その人、つまり日本にいて日本の方角を目指して歩き続けるの。永久に日本にたどり着かないわ、たぶん。でしょ？

老紳士　そうでしょうな、その方は不可能なことをしているんですからな……そこに居てさらにそこを目指す……大変な……長い旅だ……。

老婦人　ほんと、お気の毒よ……。よりによって方角を失くしてしまうなんて。いくらこの館《やかた》は国籍つまり、国境のない所とは言え本当に失くしてしまった人にあたし、こう答えたの。ええ、歩き続けてると、あなた、いつかきっと日本に着きますわ、地球はまあるいんですから、って。どうかしら？

老紳士　（地球儀を指して）なるほど、東へ向かおうと西を目指しても、北でも南でもとどのつまりは、ぐるりと回って、元のところへ帰るわけですな、ここへ。

老婦人　（地球儀を回して）この星から、ころげ落ちない限りはね。でしょ？

老紳士　ころげ落ちる。それこそ不可能ですな。

老婦人　そうよ。あたしたちは今、この星の上にのっかって、初夏の午後、お茶をご一緒してる。すばらしいわ。この星とアダムに、乾杯！

老紳士　乾杯！　星とアンデルセンさんに。

紅茶カップを打ち合わせる二人。静かに飲み続ける、微笑を交わしあって。

老婦人 ところで、あなた、お月様がしゃべったお話、知ってますでしょ、「絵のない絵本」——ハンスのよ。

老紳士 ええ……でも、子供の頃でしたので、あれを読んだのは……。ですので、よくは覚えていないんです、まったくもって失礼なことで……。

老婦人 あそこにあなたのことが書いてありますのよ。正確に言いますと、今、あなたがお膝にのせている習慣——その古びた鞄のことなんですよ。

老紳士 これが……まさか。……馬鹿な。あり得ないことだ。わたしがまだ生まれてもいない時代にあのお話は書かれたんだ。それで足りなきゃこう言いましょう、この古鞄こそわしのすべてだ、だれもさわってはいかんのです、たとえ月の光でも。いい加減にしたらどうなんです、そこまで話をはずませるなんぞ、あなたは人が悪い。からかわんでくれ、これ（古鞄）を持ちだすなんぞ、ひどい。もう、我慢ならん。

老婦人 ああ、天もご照覧あれ！ なぎの後には嵐が来る。光をかき消し花びらを吹っ飛ばし狼藉三昧。これが人生。なんてこと！ せっかく打ちとけたのも束の間。波にのみ込まれる砂のお城のようになにもかも崩れる。甘いお茶の後には苦い涙。ああ、これが人生。

老紳士 いやいや、度が過ぎました、おゆるしください。ひどく驚きましてつい……。今日はよほど、どうかしているぞ……。すみません……。あなたがお泣きになるとどうしてよいか……。そうだ、おっしゃったではありませんか。今、次つぎにやって来る生まれたての今、それです。前の今はもうない今、今はもう新しい今なんです。

老婦人　（ふいに気分が変わる）まあ、ご親切に。その通りよ、新しい今。あたくし落ち着かなくっちゃ……（紅茶を飲む）、大丈夫よ。……で、あなた、鞄の話は本当なの。思い出して。よろしい？あなた、月を仰いでモノオモイに沈んだことってあるにちがいないわ。月に向かってなんとなく語りかける気分に襲われたことがあるにちがいないわ。人はたいていそうするものですよ、特に若い頃、年とった頃、でしょ？

老紳士　ええ……まあ、でしょうな。で、そのこととこの鞄がどういう工合に結びついて、どんなお話になって、あの本に書かれてあるのか……よろしかったらお話し願えないものでしょうか……。

老婦人　ええ、月はすっかり聞いていたのです、あなたがごくお若い時、月を仰いでモノオモイに耽っていたあなたの心の中の言葉です。よくって、月は声になった言葉だけじゃなく、音にならない言葉だって聞いてるんですよ。あたくし、お庭を散歩してたびたびあなたをお見かけしましたわ、いつも木蔭のベンチに腰掛け、そのお膝に習慣を大切にのせてるあなたを。そうなの、あたくしには分かったんです、この方は月に話しかけたことがあるにちがいない。なぜって、その独特の雰囲気、とても律義な少し憂鬱そうな……、月に心を覗きこまれたその人の目は、なにかしら決意にみちて重くしずかに光るんです、とてもしずかに。あなたをお招きしたのはそれなんですわ。よろしい？　はっきり申しましょう、あの本にこれから書かれるお話が、あなたのその鞄なんですのよ。

老紳士　えッ……、これから書かれる、お話なんですな、この鞄のことが……。

老婦人　そうですわ。あたくしの仕事ですの。あの本の続きを書くんですよ、考えましたわ。月が語ったお話ではなしに、月に向かって語った人のお話。ですから、まるっきりハンスとはやり方を変えましたのよ。お分かりいただけて。

老紳士　……今、わたしが坐っている椅子はアンデルセンの椅子でしたね、アンデルセンさん。そうすると、わたしがしゃべるわたし自身に起こったある月の夜の話は、あなたにとって月が語った話、ということにもなりますな。

老婦人　その通り。ありがとう、すばらしい方。あなたはもう月ですわ。

老紳士は鞄の中から藁《わら》で作った粗末なウサギを取り出して、テーブルにのせる。

老紳士　それは……、ぞっとするおぞましい出来事なんです。わたしとこのワラで作ったウサギだけがとり残されて、ほかの者たちすべてが地上から消されてしまった……。よろしいですな。

老婦人　ああ、ひどいこと。なんてみすぼらしい可哀想なウサギなの。この世ではないところを生きてきたのね……。ハンス！　あんたは丸まるとふとった月が語ったお話を書きましたね。あたくしは違う。糸みたいに痩せ細った月を迎えたのよ、ここに今。

地球儀に明かりがともる。

老紳士　……遠い昔、いや、つい昨夜のことのようにも思えるんです。

地球儀の明かりがゆっくりと消えると、闇の中、「月の声」が聞こえる……。
やがて円形の光の中に浮かんだのは、テーブル、飾棚、クリスマスツリーのない部屋に、椅子が三脚。
その椅子に腰掛けた老婦人と向かい合って、ワラのウサギを膝にのせた老紳士。中央の椅子にはだれも坐っていない……。
バルコニーで。
……霧の中に、やがて、手に鞄、トランクなどを提げた男女、子供たちが現れ……黙々と歩み去る。

月の声　その夜、わたしは歩いていました、いつものように。ゆっくりと東から西へと音もなく空を行くのです。天山山脈を越え、人っ子ひとり見えないみはるかす荒地、草原や湖、河、そして温かな灯をほんのりと点した家の並ぶひっそりした町、ピカピカのビーズ玉を幾重《いくえ》にも連ねた輝く大都市……。下界は、果てしないようなあの海でさへいつかどこかの陸で終わっているのです。わたしにはなじみの景色でした。秋も終わり近いその夜、わたしはシュヴァルツヴァルト。

老婦人　シュヴァルツヴァルト。黒い森ね、モミの森……ドイツだわ。

月の声　その黒い森と呼ばれるあたりへさしかかった時でした。ゴットン、ゴットン、ゴットン……車輪の音です。その音をかき消して悲鳴みたいな汽笛が、あたりのしじまを引き裂き、まるで死の床に横たわる人の、荒く苦しげな呼吸みたいに聞こえるのでした。わたしは知っているのです、その音を。これまでになん度も聞いていたのですから。そればかりではありません、北へ向かうその貨物列車で運ばれるのがなんであるか、わたしは知っていたのです。

老紳士　貨物なんかじゃない、列車にはたくさんの人びとが押しこめられ、みんなはじっと耐えていた。いわれのない仕打ちに憤りを嚙みしめるほかなかったんです。当然でしょう、動物や荷物なんかドカドカ積み込む汚れた列車なんですからな。

月の声　その夜は特別でした。わたしを呼ぶ声を聞いたのです。貨物列車の鉄格子をはめ込んだ小さな窓から、小さな女の子が明るい大きな声で呼びかけたのです。

「まあ、お月様。ほんとうにお月様なんだわ。こんばんわ。」

その小さな女の子は若い母親に抱きあげられて、やっと小さな窓からわたしを見上げていたのでした。その時からです、わたしはその女の子から目をそらせられなくなったのです。

老紳士　列車はどこの駅にも停まらずに走り続けたんです。はじめから目的の場所が決まっていたから停まる必要なんぞなかった……。いいですか、わずかばかりの身の回りの品を持っただけの人びとはたった一つの理由でかり出され、貨物列車で運ばれて行ったんです。よろしいですか、たった一つの理由――選ばれたさまよえる民の血を受け継いだ――それだけの理由。

月の声　その人たちを待ちうけている未来を、わたしはただじっと見つめる。そうなのです、時のうつろいを示すほか、わたしの役目はなにもないのです。……そうしてわたしは、その女の子と若い母親、さまよえる民の血をわずか四分の一ほど受け継いだ若い父親、この家族を見つめ続けたのです。
冬のはじまりを告げる冷たい風が、恐ろしく高い煉瓦塀の向こうにかすかに見える裸の雑木林の梢を震わせ、野を渡り吹きすさぶ季節がやってきました。女の子の一家は大勢の人びとと、隙間風の吹き込む粗末な建物で、もっと粗末な食べ物をほんのわずかばかり与えられて生きていかなければならないのでした。人びとの瞳はだんだんつやを失い、黙りこみ……。

老紳士　苦しみのための苦しみのみを生きる、それがどんなことか……お分かりいただけるでしょうか……。決してあなたを傷つけるつもりではないのですが……。

老婦人　やさしい方。ひとつだけ言えること。今こうしてわたしたちを結びつけているものは、辛さをわかちあう、その感情は嘘じゃない、それだけなの。哀しいことですけど。

老紳士　おそらく、そうかもしれませんな……。

月の声　わたしは相変わらず下界を見つめていました。……ある夜のことです。とても寒い夜でした。粗末な建物の窓越しにわたしは女の子をそっとわたしの衣、つまり光のなかに抱きしめました。この季節にはわたしはあまり歓迎されない夜の使者なのですから。
若い母親が女の子のかじかんだ小さな手を両手でくるみ、静かにさすっていました。すると女の子は母親の両の目をじっとみつめて、そっと話しかけるのです。とても真剣な顔で。
「お母さん、あたし妹がほしいの。いろんなお世話をしてやりたいわ。で、考えついたんだわ、布団のワラをほんの少し引っこぬいて、それでウサギをつくって、あたしの妹にするのよ。いいでしょ、お母さん、あたしだいじにして面倒をみるわ。たのしいじゃない？」

母親はほほ笑みました。そして女の子の頬を両手で撫で、大きくうなずきました。それからです、母と娘は敷布団のワラを編んでウサギを作りはじめたのです。

老紳士　もちろんわたしも馴れない手つきでワラを編んだのですよ。その部屋でくらしている他の人たちも敷布団のワラを少しずつ娘のところへ持ち寄ってくれました。ウサギは日ごとに少しずつ大きく育っていったんです。

月の声

「ねぇ、クリスマスにはきっとウサギが生まれるわ、そうよ、きっとそうよ。」

そのクリスマスまでにはまだだいぶ間がありました。そして、わたしはある日の真昼の出来事を忘れることができません。その日は冬の季節には珍しくおだやかな暖かい日が射し、そうです、老婦人の夏という言葉がぴったりのうららかな日でした。澄み切った空気にいっそう鋭く高く呼子の笛が響き渡りますと、大勢の子供たちと女の人が列をつくって並びました。その行列は、太くがっしりした煙突が聳える、とても頑丈なコンクリートの建物へ向かっているのです。みんなはくったくなくのんびりと日なたぼっこをたのしんでいるみたいな、でもどこか注意深く慎重な気配を漂わせてもいるようでした。

「お母さん、シャワーを浴びるなんて夢みたいだわ。いい匂いよ、この石鹸、お花の匂いだわ。」

それが最後でした、あの女の子の声を聞いたのが。その言葉をわたしは忘れはしないでしょう。シャワー室に向かったあの行列の人びとをわたしは再び見ることがなかったのです。北風が冷えびえと吹き、太くがっしりした煙突から煙が幾日も幾日も流れました。

ある夜のことです。わたしはあの粗末な建物の窓からそっと中を覗いたのです、あの女の子の父親の様子を窺ったのです。わたしは見ました。作りかけのワラのウサギを抱きしめて床にひざまずく父親の姿を。それはおそらく、人に残された最後の力――祈りにちがいないのです。

老紳士　嘘だ、嘘だ。祈りなんかしなかった。飢えていたんだ、膝の力が抜けただけだ。……ただもう恐ろしさに震え、次はこの僕の番だ、僕の番号が呼ばれる、その恐怖でいっぱいなんだ。心は空っぽで、呼ばれるなら早く呼んでくれ、僕の人生に始末をつけてくれ。そう思う一方で、僕は生きていたい、生きていたいんだ。なぜだ？　心は一方からもう一方へ激しく揺れるばかりだ。お前はなぜ生きたいのか？　この世に生まれ出たからか？　妻も娘も護れなかった男が、生きていたいだって？　いったい僕はなんのために生きてきたのだ？　すべてを失うためにか？　ところがどうだ、この僕自身は失われず、ただここにこうしているだけだ。なぜだ、どうすればいいのだ。どうすれば。

月の声　わたしは聞きました、あの声を。

「お父さん、見てよ、可哀想なの、その子、だって耳がまだすっかりできていないんだもの、ウサギじゃないわ。ねぇ、耳を伸ばしてやってちょうだい。お願いよ、お父さん。」

老紳士　……今もはっきりと耳に残っているんです、あの子の明るくはずんだ声が。わたしに生きる力をあたえてくれたのは娘なんです、わずか五歳の……。生きていくあかしにウサギを育てなさい、と。明日、何が起こるかだれにも分からない、けれど今日、一日のその時間を生きる――少しずつすこしずつ、わたしはウサギを育てました。不細工な耳がひとつ生え、両方の耳が揃い、小さな尻尾も生え、ウサギがとうとうこの世に生まれた夜でした。窓から月の光がさし込んでいました。わたしは月の光の中で生まれたばかりのウサギを両手にのせて見つめました。……娘の顔、妻の顔、ワラをくれた多くの人たちが浮かび……、ちょっと悲しげな、だが愛らしい小さなウサギを見つめているうちに、これでもう仕事は終わってしまった、わたしにはあすはないのだ……、ふいにそんな気持ちに襲われたんです。どのくらいの時が経ったのか……、ふと、娘ならこのウサギと遊ぶだろう、どこで？　そうだ、野原だ。春の野原だ。わたしは突然、決心したのです、ウサギを春の野原へ連れて行こう。待つのだ、春を。かならずめぐってくる季節、春を待つ。わたしは生きたのです、ウサギとともに、あの日々を。……青あおと野の草が風になびく途方もなく広い野原にウサギとわたしが放たれる日がくる。……そしてその日はきました。

沈黙。かすかに風が渡り……、円形の光がゆっくりと消えると、やがて地球儀に明かりがともり、元の部屋——飾棚、クリスマスツリーがあり、テーブルを前にして、椅子に坐った老婦人と老紳士。老婦人はやがて彼女の帽子の赤い造花を抜きとって、ウサギの頭に飾る。

老婦人　……ところで、アダムさん、ウサギのための王国をつくりましょう。
老紳士　王国？　ウサギの……。ええ、ま……、でもいったい、どこに……。
老婦人　月です。その王国の旗はクローバーです。ごらんなさい（天井から吊るされた紙の旗を指す）。

月にはいろんな王国がありますす、その国旗です。あたしの領土なんですの、月は。領土ですから当然、名前がある。おかしいですか、アダムさん。

老紳士　不思議な方だ。とても、考えもしなかった、月の王国なんぞ……、アンデルセンさん。

老婦人　地上にかつて存在し今はなく、忘れ去られたもの、それが月の諸国です。よろしい？　その王国の名は、夢の海、静の海、豊かの海、嵐の大洋、雨の海、虹の入り江、夢の浅瀬、危難の海、フンボルトの海、プトレマエウス火口、コペルニクス火口、ジョルダノ・ブルーノ火口、ガウス火口、ニュートン火口、アルキメデス火口、ピュタゴラス火口、ケプラー火口、パストゥール火口、メンデレーエフ火口、スクロドフスカ・キュリー火口、ジョリオ・キュリー火口、ジュール・ヴェルヌ火口、エデンの園、涙の谷、ソドムの塩の柱、ソロモンの幕舎、バベルの塔、ミュンヘンの白バラ、アウシュビッツの風、ヒロシマの黒い雨、ナガサキの焰、ベルリンの壁、そして今日、新しい国、ウサギのための野の王国が生まれた。

彼女は次第に熱をおび、一種威厳すら漂わせ、その唇から独特な調子で言葉がほとばしった。
地球儀の光、一段と明るさを増す。
老紳士は、いつしかワラのウサギを両手にのせて不動の姿勢で立ち尽くす……。

暗転。

2　金いろの砂時計の時間

老婦人の部屋。
地球儀の光は消えている。
時折、遠くでかすかな雷鳴。
彼女はクレヨンでクローバーの旗を描いている、テーブルの上で。時たま、ハンカチで地球儀を磨き、また描きつぐ……やがて描き終える。

老婦人　できたわ。……クローバーの国旗。野のウサギの王国の誕生よ。すばらしいわ。……そう、金色の砂時計を選んだのがよかった、それだわ。今日はとてもいい日、すべてがうまくいく。さて……次。

拡大鏡で地球儀に見いる彼女。別の手にハンカチを持って。

老婦人　タテの線……つまり経度。経度十五度は一時間……東、西へ、整然ときざまれた、世界で一番美しい時間の単位、すばらしい直線……あら！　曲線だわ……、今のところはね……（拡大鏡を見直して）おや、働き者のアリの行列……まあ！　ニンゲンの行列だわ、世界中をかけずり回り、時間の単位をびっしりうずめつくして黒い線になってしまった……、これは発見だわ。

ドアをノックする音。「よろしいですか」——男の声。

老婦人　あら、もうそんな時間？　せっかくいい気分なのに。なによ、ぶちこわしじゃない。

白衣の若い医師が入って来る。

若い医師　アオヤマさんですね、はじめまして。僕は、

老婦人　（彼の言葉をさえぎり）あたしはアオヤマなんかじゃありません。アンデルセン家のエヴァ・アンデルセン。アンデルセンです。名前は正しくきちんと呼ぶべきですよ。

若い医師　そうでした、アンデルセンでしたね、すみません。僕は医師のサイトーです。お仕事中ですか。

老婦人　いいから続けなさい。

若い医師　実は、あなたのマツザワ先生の代理で来たんです、アンデルセンさん。（ポケットから四角い白封筒を出し）あなたのマツザワ先生宛のお手紙です。今日、ここへ伺うように、そうでしたね。

老婦人　（白封筒を受け取って）その通り、あたしのです。なぜあなたが来たんです？

彼女は無造作に白封筒をテーブルの上に置く。

若い医師　それなんです、残念なことに、マッザワ先生に急用ができましてね、それで代理に僕が来ました。気を悪くしないでください、アンデルセンさん。よろしく。

老婦人　ではあなたはあたしのドクターの代理人のドクター。ま、見るからにそう思うとそれらしいけど。それとも、ほんとうにドクター？　……よろしい、ずっと前に進みなさい。掛けなさい。この椅子に。ぐずぐずしないで。さ。

若い医師　これが、あのアンデルセンの椅子ですか。よろしいんですね。

彼は椅子に腰掛ける。
彼を無視して彼女はハンカチで地球儀をこすりはじめる。

若い医師　地球儀ですね。

老婦人　（こすりながら）おや、そんなふうに見えるの？　あたしがやってるのは時間をなくしてしまう仕事なんですよ。

若い医師　はあ、時間をですか。

老婦人　世界時間ですよ。よろしい？　これ（地球儀）から、タテ、ヨコ、正確には経度も緯度も消してしまうことは、時間がなくなることなんですよ。だって、ほら、まあるいってことは三百六十度なんだから、経度十五度で割った数二十四は、地球の一日の持ち時間になる、世界時間ですわね。その経度が消えてしまうと、当然、時間は存在しない。解放される。あるのは永遠ですよ。お分かり？　ドクター。

若い医師　大変なお仕事ですね。

老婦人　あら、あたしのほんの少しの時間を使って世界時間を消すんですから、途方もないちょっとした仕事なんですよ。ドクター、ごらんなさいな、永遠をうみ出してるんですわ、あたしの手が。

若い医師　すばらしいですね。ところでアンデルセンさん、今日、ここへ呼ばれた用件ですが、どんなことでしょう。

老婦人　今日？　永遠の前に今日なんてケチな単位なんかない。分からない人。

彼女はハンカチを捨て、地球儀を手荒に回す。

老婦人　ああ、時のリズムが狂っちゃった、あんたですよ。手元が狂うと仕事ができない。もう、許せない気分が体じゅういっぱい溢れて……いいえ、落ち着いてますわ、ドクター。体温三十六コンマ五。脈拍、普通、年齢相応。お通じ一回。

若い医師　いいですね、結構ですよ。

老婦人　あたしじゃない。そっちの。

若い医師　そうですか……そうかもしれませんね。そんなところでしょう。で……。

老婦人　自分をドクターだと信じているドクターは大勢いるんですよ、ドクター？

若い医師　ドクターってそういうものじゃないでしょうかね。
老婦人　あなた、時計を身につけていますか？
若い医師　時計？　ええ、腕時計ですけど。
老婦人　その時計をあなたは、人の鼻先で、チラッと見る、あなた見ますか？　一日に何度？
若い医師　見ますね、そのための時計なんですから、いちいち覚えてはいませんけれど。
老婦人　あなたは正真正銘のドクターです、しかも三流の。忠告します、ドクター。人の鼻先でチラッと時計を見る、よろしい？　しぐさは言葉以上の言葉なんですよ。はっきり言いますよ――お前さんの持ち時間はもうない、次のが待ってるんだよ――そのサインです。ドクターの鼻先に坐ってる人は想像を絶するくらい傷つくでしょうよ。態よく追い出されるんですからね。お分かり、ドクター。……らしいですね。今、ピクッとドクターの胸が縮み、胸のうちでこれからは、人の鼻先でチラッと時計を見るのはよそう、そう考えましたね。
若い医師　ええ、ま、そんなところでしょう。ところで。
老婦人　お気の毒に。よろしい？　習慣はおいそれと変えられない。教育にはその時期というものがありますからね。遅過ぎました、ドクター。本当にお気の毒。こういうもの（白衣）は荷が勝ち過ぎるんですわ、楽にしてあげましょう。

彼女は立ち上がり、すばやく彼女の帽子を若い医師の頭にかぶせる。

若い医師　どうしたんです、アンデルセンさん。
老婦人　そのまま、（帽子を）とらないで。分からないの？　アンデルセンさん。あなたは椅子に坐ってしまったんですよ。患者なのです。わたしはあなたのドクターです、アンデルセンさん。
若い医師　役割りの逆転ですか、ロールプレイですね。でも、収拾つかなくなることだってありますから。いいえ、あなたがそうだということではありませんけれど、これはよしましょう。
老婦人　聞こえるでしょ、雷鳴。あれを聞くと、もうぞくぞくするくらい気分が昂まる、もうどうしようもなく、浮き立つ。いいえ、あなたはくつろいでください、アンデルセンさん。靴をお脱ぎになったらどうかしら？　楽になりますよ。ついでに靴下とってください。なにもたいしたことではありませんよ。お互い、楽な気分で向き合う、悪いことじゃないでしょう。わたしもそうしますから、あなたもどうぞ。

彼女は靴を脱ぎ捨てる。

老婦人　それ（白衣）とって。
若い医師　えッ。これ。（白衣をつまむ）
老婦人　診るんですよ、だから上は脱ぎなさい。当然でしょう。
若い医師　診るんですね。まさか、この下もって……わけにはいかないですよ。
老婦人　裸になれとはだれも言ってませんよ、それとも、診られる者は無抵抗の裸同然——例の職業的習慣が先走りしてしまうんだろうかね。それ（白衣）だけでよろしい。とりなさい、上。

若い医師　少しやりすぎですね、あなたの手紙で呼び出されてやって来たんです、僕は。テガミ、です。なんの用件でしょうか。

老婦人　けっして強制はしません、いやならそのままで結構。ぐずぐずしないで、いったいどっち。まさかわたしにそれ（白衣）を剝ぎとらせるんですか？　いい加減にしなさい。荒っぽくやりますか、いいんだね？

若い医師　待ってください、落ち着きましょう。雷のせいなんですね、なにかせずにはいられない気分なんですね。わかりますよ。いいでしょう、これ（白衣）はとりましょう。靴、脱ぐことにしましょう。これでいいのですね。

彼女は白衣を着る。

テーブルの上のさっき描き上げたクローバーの紙の国旗を彼に示して。

老婦人　あなたは椅子に坐っています。どこか工合が悪いにちがいないからですね、アンデルセンさん。ちょっとしたテストをしてみましょう。これ（紙の国旗）は、なにに見えますか。

若い医師　絵ですね。それとも大変、細密な幾何学的紋章でしょうか。やはり絵ですね。

老婦人　違います、絵ではありません。植物そのものなんですよ、地上から絶滅した、昔、四ッ葉のクローバーと呼ばれたありふれた草なんです。しかもこの草は草自身知らない間《ま》に世界制覇をしてしまったんですね、あとは絶滅するほかすることがなくなった。似ています、人間も。時間の問題でしょうね。……この草は今は化石になってしまいました、ほら、おもかげをきざんで、旗になってしまったんです。

若い医師　旗ですか。植物の化石の。

老婦人　そうです、滅びたものは化石の旗になるんです。天空は旗でにぎわっています。でも、地上の人間にはその旗がどういうわけか雲に見える。おそらくあなたも流れ行く雲を見ているんですね。だからです、流れ行く雲になんとはなしにさびしいようななつかしさを感じてしまうんですよ。その限りでは、あなたは極めてまっとうな人間です。安心なさい。

老婦人
若い医師 }（同時に）アンデルセンさん。

老婦人　あなた今、あなたを呼びましたよ。どうかしたんですね。アンデルセンさん。

若い医師　アンデルセンさんと言っただけですがね。

老婦人　いるんですか？　もう一人のアンデルセンさんが。あなたの外《そと》に、内に？　どっちなんですアンデルセンさん。いったいなんにんのアンデルセンさんがここにいるのでしょう、アンデルセンさん？

若い医師　いるのは一人でしょうね。

老婦人　一人。世界に一人いる、わかりますね。世界の方には分からないけど、一人いるその不安が、あなたへあなたが呼びかけてしまったんですよ。よくあることです。ところで、あなたが一人いるその国はなんと呼ばれていますか。

若い医師　日本です。

老婦人　日本ですね。どこにあったんですか、その国は。島だったんですか、大陸でしたか？　どちらなんでしょう。わかりますね、この質問。

若い医師　ええ、わかります、大きく言うと、アジアですね。

老婦人　まあ、知ってるんですか、あなたそんな大きな場所を。驚きますよ、わたしは驚きませんけど。そこは還るべき場所なんですか、それとも、そこへ向かって出発する未知の場所？　どちらなんでしょう、アンデルセンさん。

若い医師　とどまる所でしょうね、そこに。

老婦人　とどまるんですか、ずーっとそこに。よろしい。では、足、伸ばして、ここ（テーブル）へのせる。アジアですね、道は。緊張しないで。足、のせなさい。

若い医師　のせるんですね、ここへ。これはロールプレイですよ、アンデルセンさん。

老婦人　わたしはドクターですよ。アンデルセンさん、分かりますね。あなたが絶対的に一身を任せ、いやもおうもなく信じさせられてしまう存在がドクターなんですよ。はっきり言うと、椅子に坐ってしまった人の役割りは、管理されることだけなんです、分かりますね。

若い医師　分かりますね、そう言われるドクターの気分がとてもよく伝わってきますね。

老婦人　よい患者ですね。

彼女はスプーンの柄で、テーブルにのせた彼の足裏の外側を踵から指方向へ向けすばやくこする。

若い医師　きつい、です。スプーンですね。それで思いっきりこすられるのは感心しませんね。ロールプレイはやりますが、そこまではしない。もう、そのくらいで、いいじゃないんですか？

老婦人　それは失礼。お分かりですね、このテストがバビンスキー反射だってこと。よろしい？　重要なのは原理です、その機能を備えていればスプーンであれ金槌の柄であれ十分なのですよ。くどいようだが、重要なのは原理だけ。今のところ錐体外路系異常なし。それだけです、検査で分かったのは。あなたは手も足も健康です、もちろん正しく歩くこともできる、つまり旅行可能。大きな荷物を背負ってアジアへ出発できます。そうだ、ニュルンベルクへだって行けますよ、是非そうなさいアンデルセンさん。

若い医師　よく知ってますね、バビンスキー反射。しかし、どうしてニュルンベルクなんでしょう。ずっと西の方ですね。

老婦人　そうです、西です、ドイツですよ。かしこい患者になるために、その場所に立って振り返るんです、消えてしまった大きな時間のうねりを学習するんです。二十世紀なかば、ニュルンベルクでなにが行われたか。ナチスドイツに対する軍事裁判、裁かれたドクターたち。六百万のさまよえる民にくだされた死——人間が人間を選別した事実を知るでしょう。それ以前に、よろしい？　ドクター、ハダマーの病める人の館《やかた》、ご存知でしょ。

若い医師　ハダマー……？

老婦人　地球儀を回して。

老婦人　ここですよ。知らないのか。君、ハダマーを。すべての始まりがここから起こった。ハダマーの精神病院の地下室に、世界に最初につくられた途方もなく素敵な特別シャワー室があった。いいかね、常人でないという理由で選別された「生きるに値いしない、無価値の者」に、毒ガスが噴き出すシャワーを浴びせたんだ。もちろんだれ一人そこから出てきた者はない。分かったか、君。君は今、学習した。君だって無罪というわけにはいかないだろう？　記憶しておきたまえ。よろしいか、ニュルンベルクからハダマーを振りかえる、するとだね君、そこから世界が見える、二十世紀の人間の悪業が。もちろんアジアも。ひょっとすると、二十一世紀だって見えてくる。いいかね、この地上のありとあらゆる病いに有効な治療法は回想療法、つまり病いの進行とは逆方向に時間をたどる。分かるかね、世界の病い、地球の病いを救う方法なのだ。ほかに何もない。お分かりだね、アンデルセンさん。

若い医師　はあ……、よく分かりました。立派なものですね……。

老婦人　立派なのはあなただ。生涯ではじめて出会った一介の患者がバビンスキーだ、ニュルンベルク軍事法廷だのハダマーを知っているとはまことに驚くべきことです。われわれ医者は鼻先に坐った人のいったいなにを知っているか——なにも知らない。知っているのは検査機の方だろうね。君、われわれ医者はひょっとするとためされているのかもしれない、病気というかたちをとった人間に。人間にだよ、病気ではなく。分かるかい？
若い医師　よく分かります、そうでしょうね、立派な一見解ですね。
老婦人　すべては自覚からはじまる。次、足、組んで、力ぬいて。
若い医師　まだ、あるのですか？……徹底的なんですね。いいですよ。

彼女は木製のくるみ割りで、足を組んだ彼の膝関節を強く叩く。

若い医師　痛いッ。強すぎる。……今度はくるみ割り、重要なのは原理でしたね。ところで、そろそろあなたの手紙の件にはいりましょう。
老婦人　黙りなさい、教育なんだよ。外部から加えられた物理的衝撃力で受けた痛みは時間に比例して消えてゆくものですよ。だが内面の、すなわち精神が受けた痛みは個人によっては時と反比例してそれが持続し、むしろ強まることさえある。ニュルンベルクが沈黙のうちに語っているのがそれだ。どうですか、物理的痛みがひいてゆく快感。それを今ほんのちょっと君に与えた。むしろ感謝すべきなんだよ。
若い医師　なんともありません。元通りになった。それだけですね。
老婦人　変わっているね、異常から正常へ移行する、あるいはその反対の状態に置かれた時、人は必ず快感ないしは不快感を感ずる、それがニンゲンなんだが。
若い医師　（つい足を組み替え）こっちの方、まだなんです。

老婦人　……。

若い医師　次はなにをしますか、ドクター。

雷鳴が聞こえていた。……稲妻、走る。彼女は、ふいに高らかに笑う。
彼にかぶせた帽子をすばやくとり、それをかぶる。白衣を脱ぐ。

老婦人　まあ！　ドクターですって、だれが？　あたしはエヴァ・アンデルセン。これ（白衣）には人格も職業もない。なによ、あんた。しっかりなさい。

彼女は白衣を抛りつける。

若い医師　やり過ぎでした、アンデルセンさん。あなたの用件にはいりましょう、腰掛けて話しましょう。

雷鳴、そして閃光。
彼女は帽子の羽根飾りを引き抜き振りかざし、足拍子をとる。テーブルに飛び乗って。

老婦人　はじまる、天空のジュピターの祭典！

若い医師　危い、降りて！　降りてください、アンデルセンさん、アンデルセンさん。

彼はテーブルの周りを走りまわる、彼女が転び落ちはしないかと。

若い医師　落ち着いて、落ち着くんだ……待てよ、もしかして実習のためにここへ……？　代理人、うまい口実だ。……アンデルセンさん、雷はいずれやむんです。きっとやみます。鳴りやまない雷なんかないんです。さ、降りましょう。

老婦人　走れ！　三十万光年の彼方に住む天のけものたちよ。ジュピターの祭りだ。竪琴《たてごと》が鳴る。蹄鳴らし、金いろのたて髪なびかせ、馬よ、黄金の馬よ、赤く光る汗したたらせ、群れなして走れ。集い来《きた》れ、大犬、金色《こんじき》のワシ、燐光に輝く白鳥、虹色《にじいろ》の魚《うお》よ、群青《ぐんじょう》の海蛇よ。天空の王者、始原の時の王、黄金のウロボロスのもとへ集いきて、輪を描き光の渦となって舞いあがれ。いななき、羽ばたき、吠え、燃えあがれ。輝きつくすのだ、己が身を。

彼は立ち尽くし……やがてテーブルを押さえ込む。移動しながら。

若い医師　……光と音——刺激だ。……危い、地球儀が倒れますよ、降りてください、アンデルセンさん。

老婦人　降りる、どこへ？　いいから墜ちる地球を救いなさい！　アラー・アクバル、ウラー、ウラー、ジークハイル、ハイル、バンザイ、ブラボォー、ブラボォー、ビスカ、ハイル。

彼女は帽子の造花を引き抜き、撒き散らす。

老婦人　幾世紀が過ぎたのだろうか、世紀ごとにいくたびも歓声をあげることだろう、昔も今もこれからも。そしてその日を忘れてしまう、まるで何ごともなかったかのように。燃えつきるものは燃え、崩れるものは崩れ果て、壊れるものはすべて打ち壊し、その都度、歓声をあげた。そしてたちまち声は消え、なのにかすかにうち震える燠火の火照りにも似た歓声の谺を、まるで歓喜の雄叫びのまっただなかにいるかのように人は生きているのだ。わたしは違う。セントエルモの光のように煌めく、天空の果てで永劫に、還るべき元素となって。生も死も始めも終わりもただ逆巻く光たぎる、るつぼ。

彼女は静止する、耳を澄まして。

老婦人　天の乳房が揉みあい、張り裂け、ほとばしる——おびただしい虹色の球体。波打ち回転し、轟き響き、今、大祝祭の頂点。なんというしあわせ。やって来る、地上のすべてのものの上に、球形の青のしたたり、したたり連なり、かたちない水の力に地上のすべてのものが、かたちと色彩りをあたえられる——雨。天の母液。地軸を貫くその力に打たれよ。……すべての始まり……

それともすべての終わりの始まり……凍ってしまう、すべて……。

彼女は力なくテーブルの上でうずくまる……、彼は彼女をテーブルから助け降ろし、抱きとめる。戸外で雨が降っている……。かすかな雷鳴。

若い医師　安心してください、アンデルセンさん。じきに止みます。時間なんですよ、時が経つとあれはいってしまいます、かならず。本当です、アンデルセンさん。

老婦人　……時間が、行く？　ドクター、時間は距離なの？　あれが去って行く……あたしはここに、地上に。あれは天空を行き、あたしは取り残される……二度と出会えない……。生きてるって、人は時間を病んでゆくことなの？　行ってしまう時間……。今夜の月は赤い。そう、あかあかや、あかあかあかや、あかあかや、あかあかあかや、あかあかや月。ただ赤い、恐ろしいことだわ……終わりが始まったのね……。

すばやく彼はテーブルの上の白封筒を取る。それを彼女に見せ、注意を惹く。

註＝「あかあかや」明恵上人の歌。

若い医師　ねえ、アンデルセンさん、あなたのお手紙です。僕が伺ったのは、たぶんなにか用事があったのじゃないでしょうか。どんなことでしょう、アンデルセンさん。

老婦人　（ふいに活きいきして）まあ、うっかりしてましたわ、ドクター。そうなの、聞いてくださる？ドクター。

若い医師　いいですよ、うかがいましょう。

老婦人　びっくりなさらないで、いいこと。ドクター、あたくし結婚しますの。このお部屋で、クリスマスイヴに。結婚はここでは禁じられていますの？　だとしても、あたしはすべてから自由なんです。

若い医師　そうでしたか、例のあの……。それは……素晴らしいことですね。

老婦人　ありがとう。そこでお願いがありますの。結婚の証人になっていただきたいの、あなたに。

若い医師　僕、に、ですか。それは……マッザワ先生がよろしいんじゃないでしょうか。

老婦人　いいえ、あなたよ。とても素直な方ですもの。ぜひともお願いしますわ。

若い医師　でも、僕は、そういう証人とかいう経験がありませんし……神父さんではないし……第一、若過ぎます。ただの医者なんですから……どうも、そういった仕来《しきた》りにうといものですから……。

老婦人　あら、ご心配なさらないで、たいしたことじゃありませんのよ。昔は神父さんがお医者だったわ、それが本来の姿なのよ。いいじゃありませんかドクター、あなたはただわたしたちの側に立っているだけでいいのよ。あたしがこう言います、花嫁なんですから。サラの如く、レベッカの如く、エリザベルトの如く、貧しき時も病める時もともに苦しみを苦しみ喜びを喜びとし、生きることを誓う。ともかく誓いを立てるの。あなた見ていらっしゃるだけでいいのよ。そこにハンスがいないのがとても残念だわ。お引き受けくださるわね、ドクター。

若い医師　アンデルセンさん、よろしいですか、よく聞いてください。あなたはこれで三度、いや四度目なんですね、クリスマスイヴに結婚すると言い出し、そのたびにとりやめる。大騒ぎ。訂正困難な、ま、病いなんですから……分かりますけれど。やはり……するんですか。

老婦人　今、訂正困難と言いましたね、ドクター。まさしく正解。決意は決意なんです。三度であろうが六度であろうと、だれもこの決意を変えることも訂正することもできない。決意はそういうことなんですよ。そうでしょ、ドクター。あなた、証人になってください。あたしの希望です。今、決まったのです。

若い医師　ちょっと、待ってください……こう言うとなんですが、なにしろ結婚という、よろこびごとです……しかも証人とかいう大役です、今すぐここで返事をしなければならないのでしょうか。イヴはまだずっと先ですね。

老婦人　その通り、未来のことです。ですから今が、大切です、決めるべき今がなくてどうして未来がおとずれますの？　で、どうなの、あなた。はっきりして。

若い医師　ええ…来ます、一応、クリスマスイヴに。ともかく、そうしましょう、アンデルセンさん。

老婦人　まあ！　うれしいわ。とてもうれしい。そ、あたしの結婚の記念になにか贈り物を差しあげなきゃ、あなたに。

若い医師　いいんですよ、気を遣わないでください。本当に来ますから、安心してください。アンデルセンさん。

老婦人　いいえ、とても大切なことなのよ。結婚は未知への賭けなんですよ、すばらしいわ。ご存知かしら、アンデルセン家は昔、貧しい靴屋でしたの。あたしはその貧しい家の娘でしてね、でも今は違う。途方もない土地、つまり領土を持ってるんですよ。ドクター、人はだれしも世界を持ってるでしょ？　そう、持ってますわ。天空のエネルギー、あの月と星、あたしのものです。今こうしてあたしとあなたを引き会わせ、しゃべらせているもの、あのエネルギーの絶妙なバランスなんですわ。（天井から吊るされた紙の国旗を羽根飾りで指して）あたしの領土はエネルギーそのものなんですよ。でも領土ですから、当然国があり国旗があります。地上とまったくおなじなんですよ。あなたに今、そのなかの一つの国を差しあげます。欲しくありませんの？　エネルギー。あたし上機嫌よ、ドクター。あなた、どの国がよろしい。月にはハダマーの墓標なき墓標の荒野がありますわ、いかがかしら。そこには、うねうねと続く思索の谷がありますよ、いかが？

若い医師　……。

老婦人　遠慮なさらないで。どうぞ、どうぞ。かまいませんわ、あす、また一つ新しい国をつくればいい。地上のようにね。それもあたしの仕事なんですから。ドクター、どうぞ。

若い医師　……気を悪くしないでください、アンデルセンさん。僕は……、もし、辞退したなら……。

老婦人　ドクター。よろしい？　あなたのいる日本、自ら決意し選んだところと言えるのですか。ケチな居心地のよさなんか捨てなさい。出発するんです。いいですか、あたしは自ら選び決意したのです、未知なるもの、結婚を。生きるとは選び、絶えず出発すること、賭けることなんですよ。あなたの人生に今、ただ一度おとずれた最高の賭けなんです。あれか、これか、なんという素晴らしいこころの昂まりなんでしょう。ドクター、未知なるものに賭けた時、あなたは何者であるべきか知るでしょう、その時、出会うのです、ニンゲンに、アジアに、世界に。ドクター、あなたは、どの国を選ぶのです？

雨は止み、陽の光、差し込む。

若い医師は旗を見あげる……。

かすかに人々のどよめき、歓声が聞こえる——ビスカ、ウラー、ジークハイル、バンザイ……。

暗転。

3　赤い砂時計の時間

老婦人の部屋で。

午後のお茶をたのしむ二人――フロックコート、黒の手袋をはめた老紳士と、花飾りがとれ羽根飾りだけを挿した帽子をかぶった老婦人。テーブルには、赤い造花を頭に飾ったワラのウサギがのっている。

老婦人　いかが、今日のお茶は。時間の色は赤なのよ。香りはどうかしら？　お気に召して。

老紳士　（紅茶の香りを嗅いで）……もしかしますと、ウバ、じゃないでしょうか。

老婦人　まあ、お見事、そうよ、まじり気なしのウバ。あなた、この道の通ですわ。すばらしい方。

老紳士　いいえ、どうして、通なんぞではありませんな。たびたびお招きくださっているうちに、知らず知らずに教育を受けたと言いましょうか、嗅覚が発達することがひょっとしてありうるんですな、年に逆らって。

老婦人　まあ、すばらしいことですわ。で、あなた、なぜ今日の時間が（砂時計を手に）赤い砂時計か、お分かりかしら？

彼女は赤い砂時計を彼に渡す。

老紳士　それは無理でしょうな。人さまの気分をぴたり言い当てることは、とても……。途切れなく流れる赤い時間を見つめてると、なにか特別な時間のような気分になりますが……。

老婦人　そうなのアダムさん。今日は、あたくしに月が語ったお話を、お聞かせしますわ。その月は、そう、まるで子供の描く太陽みたいに赤い月でしたの。それで今日の時間は赤なんですのよ。

老紳士　ああ、なるほど、赤い月が語ったんですな。

老婦人　ええ、赤い月は下界のある場所をじっと見ていたんですの。とても長いこと見つづけていたんですわ。月はあたしに語りました、その景色を。途方もなく広い、きらめく石英のような白い白い砂漠、そこに一人の男がぽつんと立っている。あなた、お分かりその場所。

老紳士　白い砂漠……白い……、塩の砂漠といっても、とてもきらめく石英の白なんぞではありませんでしょうな。ひょっとしてこの地上の外にそういう砂漠があればあるかもしれない場所……、まるでなぞなぞですな。

老婦人　この地上に存在してますわ。そこはね、東西南北がない、つまり点みたいなところよ。

老紳士　点……点なんですな、厚さも幅もない、こうポツンとある……、まるっきり見当もつかない、そんな場所に一人の男が立っている……。いったいどうしてまたアンデルセンさんにそんな景色を月が語ったんでしょう?

老婦人　そこは、東西南北がないと言えばないし、逆に東西南北がその一点に集まった場所とも言えるわ。北極点。ここよ。

地球儀のその場所をしめす彼女。

老紳士　あッ、北極点。なるほど、なるほど、たしかに地球上に存在しますな。しかし生き物は植物もおそらく生存しない、白い砂漠でしょうな。肌を刺す寒気と風と氷の原。

老婦人　空がありますわ、月と太陽と星。そしてその下に一人の男が立っていた。月はあたしに伝えたのです、その男の人の言葉を。今もはっきり聞こえるわ。姿も見える……。

地球儀に光がともる。

バルコニーで。手を振っている男のシルエット。

月の声　見てくれ、僕の夢は遂に実現したんだ。なんという光景だろう、鋭い純銀の光を放った、まるで石英と水晶を敷きつめた白い広大な冷たい砂漠だ、動く砂丘。いや、ここはね、実は水の世界なんだ。水は深く白く眠っている、何万年もの時を刻んで。ねむりの結晶なのだ。地上の持つ重力によって流れる水の、あのふしだらな性質から解き放たれ、純粋な眠りを眠る水の姿は美しい。僕は純粋な水の上に立っているんだ。まるでもう一枚の絵になった気分。子供に還ったんだ。分かるかい、僕だよ。姉さん。

老婦人　ハンス！　ハンス、ハンスね。分かるわ。あんた、北極点へ、そんな遠くまで出かけてしまったの？　一枚の絵ですって、とんでもない、今に氷の銅像になってしまうわ。ハンス、ハンス、もどってらっしゃい。聞いているの、ハンス！

彼女はふと、椅子に腰掛けている老紳士を、じっとみつめる……。

老婦人　ああ、なんてこと……、子供に還るどころか、なんてこと、急に年をとって。老人になってしまった……ハンス。信じられない……ハンス。

老紳士　アンデルセンさん……わたしです……。北の館《やかた》の老人……アダム……。アンデルセンさん。

老婦人　なんてこと。昔のようにエヴァと呼んで、ハンス。……なにもかも分からなくなってしまったのね、可哀想なハンス……。もういいわ、黙ってらっしゃいハンス。……太陽も昇らない厳しく寒い冬の北極点で、あんたの時間はどんどん奪われてしまった、まるで体温みたいに。一気に年をとり未来へ到着してしまったのね。寒かったでしょう、ひもじかったでしょう……。そうだわ、あんたの大好きなローストチキンがあるわ。昼の食事がそっくり手つかずであるのよ。食べましょうよ。姉さんと一緒に、昔のように。ね、ハンス。

老紳士　お腹は空いていません、わたしは食べましたから……。

老婦人　嘘おっしゃい。あんたが到着した北極点に、ローストチキンがいたの？　まさか。生き物は動物も植物もなにもない、あんたが見てしまったそこは恐ろしい未来。いいのよ、いいのよ、そのことはもうおしまい。いずれあんたは旅行記を書く、分かってるわ姉さんには。ハンス、ちょっと待っててね。

彼女は飾り棚から食べ物を運ぶ。取り皿にローストチキンを分けて盛りつける。

老婦人　さ。まず食べましょう。昔のようにナフキンを胸に掛けて、だってあたしたちまだ小さかったんだもの。でしょ？　思い出して、ハンス。思い出すわ、きっと。

老紳士　……そう、小さかった、だれでも子供の頃は……。こうして（ナフキンを胸に垂らし）、それから……皿の中のケシキをすばやく見て、おいしそうなものをまっ先に、でなかったら最後の一口に……。

老婦人　そうよ、そうなの。それにあたしたちこっそり取っ替えっこもしたわ。ハンス、ニンジンをわけてあげましょう、おまけよ。

老紳士　ありがとう……。

老婦人　これで音楽が聞こえてたら、最高のしあわせよね。

老紳士　光もまた音楽です。

老婦人　かなわないわ。この子ったら、言うことがいちいち気がきいてるんだから。しあわせよ、あたしたち。

老紳士　そうです、ニワトリを育てた光と空気と水と餌——すべてこの世にあるもの、その一切を食べてるんです。

老婦人　ええ、その通りよ。体が喜んでるだけじゃない、心が世界を食べる、これはもう大事件よ。匂いも食べちゃいましょう。

老紳士　言葉も食べもの——古風なイギリス風の無言の食卓は好きではない。

老婦人　そうよ、食事は心でするものなのよね、おしゃべりしながら。……ところでハンス、世の中には愚かなドクターがいてね、食事は口ではなく頭で食べろ、この肉は何グラムあって、カロリーは何キロカロリーか、正確に、頭で常に数を計算して食べろ。それが正しく賢いニンゲンの食事の仕方なんですって。で、そう言われた人はどうなったか、悲劇よ。その人の心はどんどんやせ細り、とうとう心をなくしてしまったの。食べ物ばかりじゃなくて、目に見える景色も人もネコもニワトリも電灯も水も世界はすべてただの数。数えられる数でしかないんだから、その人は数の続く限り無限に食べ続けなきゃならない、強迫奴隷になってしまった。このお話、あんた、どう思う？

老紳士　まったくの悲劇です。なぜなら、その人は無限を食べるのだから、不死を生きなくてはならないことになる。

老婦人　まあ、大変。到着する未来がない。暗黒だわ。

老紳士　教訓。心の糧は、はじめに食事——つつましくあたたかきものありき。

老婦人　まあ！　相変わらずすばらしいわ、ハンス。ねえ、ローストチキンを食べ終わると、ほら、お皿にニワトリの過去、骨が残る。ニワトリの（皿の縁で骨を叩く）過去の音。もしかするとニワトリにとっては、これが未来だった？　どっち、あんたは？

老紳士　小さな子供は、未来とか過去とか、そういう時間はない、いつも、今。……永遠にさすらう者にあるのも今だけだ。

老婦人　そう、東西南北もない、太陽の光も時間も奪われたところから帰った……、あるのはこの今だけなのね、ハンス。いいのよ、あんたの居るべきところ、ここへともかく帰って来たんだから、すべては今から始まる、すばらしいわ。（骨を叩き）、そうよ、今、今が鳴る。で、今のこれ、あんたにはなに？　この音。（骨を叩く）

老紳士　死の音だ……。

老婦人　なんてこと！　じゃあたしたちさっき、死を食べたの。（骨を叩く）

老紳士　やめてくれ、ひどくこたえる。

老婦人　あんたよ、死だなんて。あたしはおいしかったわ、あのローストチキン。知らなかったわ、死があんなにおいしいだなんて。ああ、時間も光もない北極点から帰った……あんたは変わってしまった、すっかり年をとって……、まるで罪深い黒い影をせおったみたい。思い出して、昔、子供の頃、遊んだわあたしたち、骨を鳴らして。音楽だよ、打楽器の始まりなんだ。あんたそう言ったのよ。

老紳士　骨の音の奥からかすかな風の音が聞こえる……そうなんだ、北極点は地上のいたるところに存在する、その人にとってのだが……。永遠にさすらう者に聞こえる今、行く手に流れる風の音だ。いや、この体が風に逆らって風を切り裂き、進む……、あとにはその人のかすかな気配が漂ってるのかもしれない……。

老婦人　さすらいですって？　もうよしてよ。ずっと気になってることがある、あんたの手。その手よ。手袋を脱がない、たぶん、素手で氷を砕いて氷だけで命をつないでた、そうなのね。その手はひどい凍傷で赤くふくれあがり、ただれて腐って、骨が突き出て……ああ、可哀想なハンス、あの細く長くきゃしゃな美しい指はどうしたの……。

老紳士　手を見たい、どうしても……？　よろしい。手の物語《はなし》をしよう。

彼は手袋を脱ぐ。

老婦人　まあ、手だわ、ただの。老人の……手。

老紳士　そうだ。節くれだちシワとシミが歳月の木目を刻んだ枝。……だが、昔、この手は乙女たちの細くくびれた胴、しなやかに天に向かって誇り高く伸びたひんやりとすべすべした、そうだスワンの首筋をいだいたものだ……。この手はそのために汚れたわけではない、そうではないのだ……。

老婦人　ああ、その手がかつて美しかったように、乙女は美しく、時は美しかった……そして今、こんなあんたを迎えようとはなんてふしあわせ。年とって老いぼれてしまった可哀想なハンス、あの若さはいったいどこへいってしまったの？　残酷だわ、時間って……。そしてあんたの大冒険はとどのつまりは、ありきたりの若い男の騎士道物語、それだけだった……。貧しいわよ、あんたともあろうものが。いいわよ、どこの北極点かしらないけど、そこで風の骨の音に聴き惚れていればいいわよ、老人が陽なたぼっこするみたいに。……ハンス！　その手が汚れたって、一体なにをしでかしたの、ハンス！

老紳士　……。
老婦人　断末魔の、稲妻みたいな美しい叫びをきくためにまさか……スワンのような首を締め、殺した……。ああ、もうおしまいよ、なにもかも、あたしたち……。
老紳士　人を殺した？　そういうことはしていない。（皿の骨を取り）しかし、骨の音こそ一番わたしにふさわしいものかもしれない。この一本の小さな骨に世界が在る、物語がかくされていた……。美しいと思うか……。
老婦人　骨に、美しい骨と醜い骨があるの？　あるとしたら、なぜ。
老紳士　（骨をみつめて）ない。あるとすればおだやかな死、むごい死、それだけだ。
老婦人　やっぱりそうだったのね、その手は死をいじった……。食べるために、生きるために？……するとあたしたちはみんな汚れきってる、生まれるずっと前から。……なんてこと、それが生きるってことなの。
老紳士　生も死も一枚のコイン、そうなのだ、古い書物にこういう言葉が残されている。「汝は塵なれば塵にかえるべきなり」。またこんなふうに「土は汝のために詛《のろ》われる汝の一生のあいだ苦労《くる》しみて其《それ》より食を得ん。……土はいばらとあざみとを汝のために生ずべし……」。園を追放され、さすらう者に与えられたそれが生の姿だ――北極点で生きてきたとはそういうことなのだ。きらめく石英も水晶の輝きもなく、人間の最後のかたち、その骨も焼け崩れ、こなごなの灰の荒野だった……。わたしは凍てついた土をこの手で掘った、種を播くためにではなく……穴だ。墓穴《はかあな》だ。この手で。

老婦人　ああ、なんてこと、あんたの到着した北極点がそんなところだなんて……、すっかり錯乱してしまった、あわれなハンス、あたしのハンス……。いったいあんたはなにを言いたいの？　なにをしたの？

老紳士　結局は、人はその一生を費やして墓を掘る……いずれ風雪がかき消してしまう墓を……。

老婦人　墓……、まさかあんたのお墓？　それともだれの……。しっかりして、いいこと、埋葬は男子たるものの義務よ。（皿の骨を手に）たとえ動物の骨であろうと。

老紳士　埋葬？　あれは埋葬か……、涙するとむらい人はおろか僧もいない、ましてや一輪の野の花、墓標もなく、深く穿たれた穴の奥底へ捨て去られた夥しいあの死者たちの最後を今さらに慰めようとでも言うのか……。なにを祈るのだ、なにを希うのだ。

老婦人　いったいだれの？　あんたはその場にいたのね、ただぼんやり立っていた……そんなにもあんたを放心させてしまった……。だれなの、ハンス！

老紳士　……よろしい、話そう。……生きる糧と引きかえに墓とはしらず穴を掘らされていたのだ、いや、うすうす感じていたのだ、これは穴ではない……。毎日まいにち……この手が掘った。わたしの妻や幼い娘、さまよえる民の墓だ。いや、あれは墓ではない、穴だ。次つぎに投げ込まれたのだ、まるで干涸らびたネズミかなんぞを始末するみたいに。その生ばかりか死も、その死後も、あれほどの恥辱にまみれた者たちへ呼びかける言葉をわたしはしらないのだ。しらないのだ。

老婦人、立ち上がる。帽子を脱ぎ捨てる。

老婦人　なんてこと、ハンス！　最後の切り札（テーブルを骨で強く叩く）。ハンス・クリスチャン・アンデルセンには妻も娘もいない。いなかった。居たのはハンスの姉、エヴァ・アンデルセン。このあたしだった。

老紳士　……いなかった……、そこにはもうだれもいなかった。……風が吹いていた……空が抜けるように青かった……ワラのウサギを連れた男が立っていた……。そこがわたしの北極点だった……。

老婦人　違う、違う、違う！　赤い月の語ったハンスの北極点じゃない。いったいお前はだれ！　ハンスの椅子から立ちなさい！

老紳士　……わたしはアダムだ。……古い書物に「アダムは掘った」と書いてある。わたしの名前もアダム、墓穴《はかあな》を掘ってしまった男にまことにふさわしい名かもしれない……。偶然とは恐ろしい、悪意なんぞ少しもないあなたがつけてくれた新しいわたしの名前、それがアダム。わたしは、ハンス・クリスチャン・アンデルセンではない。ハンスではない。

老婦人　……ハンス、じゃない？　ああ、まるで、鏡の中に写っている人みたい……遠くの方にいる。平たく冷たい……とても冷たい、凍ったみたい……だれ、だれなの……。ああ、あなたはハンスじゃない、違う。ハンスは若い青年、あなたは老人……。あなたは……。

二人は、見つめあう……。
地球儀の明かりがふいに、弱まる。沈黙。やがて、薄明かりのなかで。

老婦人　……暗い、暗くなっていく……。寒い、とても……。ああ、死んでしまった、月も太陽も、あたしたちの星も。まっくら……動かないで、じっとして……方角も距離もわからなくなる……。
老紳士　じっとしていましょう、それがいい。まるで突然の皆既日蝕……それともすっかり欠けた黒い月が昇る夜かな……。
老婦人　時どきあるの、こういうことが。どっちにしろ、あたしたちのいる星はまっくらになってしまった。あるものがみんな姿を消して、かすかな匂い……音だけ（手を打つ）。……あたしはここ。無事よ。（手を打つ）
老紳士　ここです（手を打つ）。じき近くにいるようですな。無事です。
老婦人　もう一度、きかして、その音。

老紳士、手を打つ。

老婦人　二つの手の音ね。渦巻きのように響きの輪が、伝わってくる。ほんとに居るのね、そこに。
老紳士　（手を打つ）そうですよ。
老婦人　（返事を送るように手を打ち）あたしよ、あたしは居る。……だけど暗い……とても。……生きてるって、どこか遠くからの光に照らし出されていることなのね……。

老紳士　かもしれませんな……。まっくらです、自分が見えない、とりまく世界も見えない。そのくせ、とてつもなくあたりが広がっていくみたいだ……中心がなくなったようだ……。

老婦人　あたしには縮んでゆくみたいなの、みんな。まるで北極点だわ……。

老紳士　なるほど、北極点……かもしれませんな。しかしどうしたんでしょう、地球は。

老婦人　こういう時には、ぶってやればいいの、明るくなるわ、まるで息を吹きかえしたみたいに。年とったのね、地球だって生きてるんですもの。

老紳士　ぶつんですか、地球を。いったいどんなもので……、よろしいのかな。

老婦人　大丈夫、こわしはしないわ。コツがあるの、ぶつだけじゃ駄目なの、話しかけなければいけないのよ。だって生きてるのに、だれも挨拶しないなんて薄情じゃない？　……銀のヘアピンで、やさしく、コンニチハ、オ元気デスカ？　三度、コツ、コツ、コツ（と地球儀を叩く）とね。……ほら輝いてる！

老紳士、地球儀に近づく。

老紳士　光だ。（あたりを見まわし）それぞれのものがあるところに在る。なんでもないことは、実にすばらしいことだ。テーブルの散らかしようは、まさに人がここで生きていたしるしですな。

老婦人　……あなたは……アダム……、北の館《やかた》のアダムなの……？

老婦人　ああ、あなたは北の館《やかた》のアダムね、本当にアダムなのね……触っていい？

老紳士　ええ、そうです。ごらんのように例の通りの武骨な北の館《やかた》のアダムです。

彼女の指がゆっくりと彼の頬にふれる。

老婦人　ああ、アダムだわ。生きている人。あたたかいわ……。

老紳士　ええ、アダムですよ、エヴァさん。

老婦人　暗闇のなかであたしはっきり感じたわ。ハンスは、本当に氷の銅像になってしまった……もう動かない、まばたきも呼吸もしない……ハンスは居るのだけど、居ない……。

老紳士　そうかもしれませんな。あなたのなかに彼の想い出が生きている。……エヴァさん、人はどんなかたちにせよ、別れに出会わねばならんのです。

老婦人　分からないわ……あたしには信じられない、別れに出会うなんて。……ねえ、あたしがあたしに別れを告げることって、ありうることなの？　……分からない。こわいみたい……。

老紳士　人は死を想う動物だから人なんです。死を想う心は癒される、ですが、死は決して癒すことのできない生なんですな。エヴァさん、気を悪くしないでください、あなたは子供のように純で、輝くように美しい。次つぎに生まれる新しい今があれば、それでいいのですよ、エヴァさん。

彼は床に落ちている帽子を拾いあげる。

老紳士　帽子の花がすっかりなくなってますな……。つぎにおたずねする時、わたしが見つくろって贈り物にしましょう。そうだ、そのことを考えよう。わたしの大いなる未来かもしれませんな。

老婦人　まあ、素敵だわ、アダム。やさしい方。考えるとうれしくなる。もうすぐあの陰気な冬が来る。でも、これ（帽子）を飾りたてる花が届くわ。そしてクリスマスも。その上あたしたちの新しい記念日もよ。

老紳士　……冬は苦手なんです。思い出してしまう――この両手が知らずになにをしてしまったか、忘れられない――病気なんですな、それが。人に備わっている忘れる力――自らを癒す、これもまた生命の力かもしれない……、欠けていると言うか……わたしの時計は止まっているんですな。本当に愚かな男ではありませんか。

老婦人　いいえ、アダム。あなたのこの手は穴を掘っただけじゃない、育てたわ、ワラのウサギを。この手は、まるで違った二つのことをしたのね。可哀想よ、憎まないで。お願い……アダム。

　　彼の素の両手を静かにさすり続ける――花飾りのない帽子をかぶった彼女。

老紳士　エヴァ……。

　暗転。

4　白い砂時計の時間

老婦人の部屋で。

テーブルの上にワラのウサギが置かれ、紅茶のセットが並び、お茶の用意がしてある。クリスマス・ツリーはやや前方に移動し、ツリーの下には贈り物の包みが二個置かれ、ツリーの枝葉に真白い綿を飾りつける二人――フロックコートの老紳士の持つ小箱からつまみ出した綿を飾る老婦人。

彼女は白のガウンを着ている、多彩な造花と羽根飾りで飾った帽子をかぶって。

老紳士は手袋をはめていない。

老婦人　その日がきたのよ、新しい雪が降る……、あたしたちの新しい出発の時もきたのよ。……去《こ》年の雪、今いずこ《ぞ》（古い綿を除いて新しいのを枝に置く）。あなた、お風邪はもうすっかりよろしいの？　心配よ。
老紳士　ちょっとした風邪でして……いい具合に熱もずっと下がりました。……見違えますな、雪を置くだけで、まるで生きかえったみたいです、緑が。
老婦人　そう、雪は天が与えた純白のシーツよ。魔法のシーツかもしれないわ、だってあなた、純白のその下で植物たちはもう若い新しい芽を育ててるんだわ。眠っている春の乳房ね。
老紳士　自然のいとなみは美しくかつ思慮深いヴェールに覆われてるんですな。
老婦人　夏の初め、ここへあなたがお見えになって、そしてあの夏の嵐の日、ひどかったわ、あたし。

……でも黄金の秋は平安の日々ね、アダム。ウサギを連れてピクニックだったじゃない。……今や冬、地上も天も鉛のよろいをまとい風だけが元気づいて、鈍色《にび》の小っちゃな冷たい針を吹きつける、りりしい冬……でもあなたはおきらいね。……もう少し雪を降らせるわよ、あたし。

老紳士 雪はいい、それも重たく湿り気のある、ゆっくりと降る、あれは好きですな。

老婦人 あら、すぐ消えてしまうからお好きなの。変わってるわよ、アダム。……あたし、この消えない雪（ツリーの綿）の上に、小さなラッパを吹く小さな天使を飾って、ここで遊んでもらうわ。あなたは？

老紳士 このへんに、雪の原っぱを照らす星を飾ることにしよう。

それぞれの飾り物をツリーの枝に吊るす二人。

老婦人 まあ！ 素敵。天を飾りたててるんですわ、あたしたち。ねえ、ご覧なさい、空には月の諸国の旗、そして地上には大地に根を張り天をめざす一本の木、その枝に星が輝く、まるでここは宇宙よ。真っ白な太陽と月の光がさしたらもっと素晴らしい眺めだわ、この世のものじゃない……。

老紳士 こうしてると、子供の頃を思い出しますな。実に懐かしい……、こういう夜がおとずれようとは……、あなたにお会いできて、わたしはしあわせだ……。

老婦人 すべてが、すべて良し、なのよ、今もこれからも。ね、アダム、贈り物をあけましょうよ。

飾りはこれで充分よ。

ツリーの下に置いてある贈り物を交換する二人――「クリスマスおめでとう」の言葉とともに。互いに包みを開く。

老紳士 なにかな？ いよいよ子供の頃がよみがえる……。

老婦人 どきどきしちゃうわ。……（箱を開け、ゆったりしたレースのショールを手に）まあ！ すばらしいわ。なんて美しいワスレナグサ色なの。アダム、もう初夏の気分よ。

老紳士 （包みを開け膝掛けを広げ）これはまた、森の深い緑だ、わたしの目になじみのあの緑だ。……あたたかそうだ、リュウマチ病みにうってつけの贈り物を、ありがとう。早速に調法しましょう。

彼女はすでにショールを羽織り、くるくる舞っている。

老婦人 見て、アダム。風にひるがえる翼、翼だわ。……あたしに翼を贈ってくれるなんて、すごい思いつき。アダム、ありがとう。……ヒマラヤを越える鳥がいるのよ、群れをなして、風に乗って、一斉に、飛ぶんですって、二つの翼だけで……なんて美しいんでしょう。ただ羽根がある鳥だからってわけじゃないわ、ヒマラヤを越えるのよ。素晴らしい力だわ。

老紳士 すごい鳥ですな、まるであなたみたいだ。

老婦人　まさか。あたしはこれでもヒトなのよ。そうだわ、アダム。お茶にしましょう。
老紳士　いいですな。お茶は、なんだろう……。

テーブルにつく二人。彼は膝掛けをかける。お茶の用意をする彼女。

老婦人　お茶はね、その紅茶の葉を摘む場所から、あなた、ヒマラヤの山々が見えるのよ。ひょっとすると、エヴェレストがぽっちり見えるかもしれない……、そこは、どこ？
老紳士　ダージリンでしょうな。
老婦人　まあ、すばらしいわ、そう、それよ。（地球儀を回して）……このへんよ、ひょっとして雪が降ってる。……時間は白。雪の純白よ。

白い砂時計をてのひらにのせる彼女。

老婦人　雪が降ってるわ、アダム。ちっぽけな時間の家の中に。
老紳士　うん、降ってますな……真っ白い雪が。時間が静かに積もってゆく……、小さな家に……。
老婦人　そう、この中にあたしとあなたが坐っている……アダムとエヴァが。……ね、アダム、これ（白い砂時計）はあとかたもなく消える白い雪ではないわ、時間ですもの。なにかがそこに生まれ、そこを過ぎ……過ぎてゆくしるしなんだわ、時間は。

老紳士　しるし……、出来事かな……。
老婦人　しるしなの、それがなんであるかは、その時は分からない。
老紳士　こうして、あなたと砂時計をみつめていると、生きてきた時間、これからの時間、しかもただ一度だけおとずれる時間のおそろしいような、おもたいような……いやいや、不快ではないんです、不思議さなんです……、しみじみ思いますな。
老婦人　あたしの病いは、たぶん時間なんですわ、アダム。
老紳士　時間？　……というと、まさか生きてることが……。
老婦人　かもしれないわ、生きている時間そのものを病んでいるんだから。ともかく滑稽な病気よ。
老紳士　いやいや、人はみな多かれ少なかれ生きることを病むものなんです、なにも損なわれない生涯はないでしょうな。
老婦人　だとしたら、アダム、年をとるって言い方はおかしいのよ。時間は過ぎてゆく、年はその分だけ減ってゆくのよ。今夜はイヴ、新しい年がもうじき始まるわ。あたしはね、みなさんにこうご挨拶するわ、「あたくしまた一つ年が減ってしまいましたの」。
老紳士　面白い感じ方ですな、つまりゼロの方へ向かってですか、生まれる前の赤ン坊のもっと先の方向へ時が進む。理想的かもしれない……始まりにもどるんですな。
老婦人　そうなのよ、アダム。あたしずっとそう感じているの。
老紳士　（砂時計を指さし）ああ、雪が降りやみました。

砂時計をみつめる二人……。

老婦人　……雪、雪の白い原っぱ……ああ、たまらないわ、あたし……助けられなかった……。
老紳士　どうしました、エヴァさん。白い時間がなにか……。なにか、あったんですか、雪の原っぱで、エヴァさん。
老婦人　ふいに、思い出したの……小犬なの、雪の原っぱで……子供だったあたし……助けられなかった、小犬……。ああ、お茶をいれなきゃ……。
老紳士　わたしが、いれましょう。お茶をのんで、それからにしましょう、エヴァさん。
老婦人　ええ……ありがとう。あの雪の原っぱの出来事を急に想い出すなんて……どうしたの？　あたし……。

紅茶をいれる彼――それを彼女へ。

老紳士　まず、お茶ですな。ひと息いれる、大事なことです、少しは気分がなごみましょう。……思いもかけず、まるで、ガンと一撃を喰ったみたいにふいに想い出す。ありますな、動転してしまいます。
老婦人　ええ、そうなの、いつもふいにね。……お茶をいただいたら……ほんと、少し気分が落ち着いたわ、アダム。……ね、子供には秘密の場所ってあるでしょ、あたしだけの世界っていうのが。

そのことなの。アダム、聞いて。……冬、雪が積もると、その広い野原は素敵な、そう、まるで白く凍った花びらを一面にびっしり敷いたみたいなの。あたしはね、その白い秘密の世界へ探険に出かけるの。そこへあたしの印《しるし》、そのまっさらな雪の花晶につけるんだわ、渦巻きの足跡なのよ。遠くから大きな円をぐるぐる、だんだん中心に向けて小さく刻みつけるの。素敵にたのしい遊びよ。息はずませてまっさらな雪の花晶を一歩一歩しっかり踏みしめて、渦の中心に立つと、なんだか途方もない新しい景色を作りあげたって感じで、あたし上機嫌だった。ある冬だったわ、その白い原っぱへ出かけると、カラスの群れがあたしのしるし、渦巻きをつくる場所を占領してる。それだけじゃない、カラスは雪の花の上のなにかを突つきまわしてる。白い冬の花に赤いまだらが散ってる——血だ。なんてこと！　あたしが見たのは、死んでいるのかまだ生きてるのか分からない小犬。横たわったその小犬を突つき、喰いちぎる黒いヤセたカラスの群れ。震えて動けなかった……、なにかしなければ小犬を助けなきゃ……、冬の花びらを掻き集めて雪玉を作ると、カラスの群れ目がけて投げつけた。いくつもいくつも……、カラスは、はじめはギャアギャア騒いで羽をばたつかせ飛びあがり、すぐまた獲物にとびついた……ひとつも命中しない雪玉……あたし助けられなかった、あの小犬。……二度とあの原っぱへ出かけなかった、そこはもうあたしの白い秘密の原っぱじゃない、助けられなかった小犬の墓地よ。……たぶん今もそこに白い冬の花が降り、あとかたもないあの小犬を、天の純白のシーツがくるんでる……。今はとても静かな景色なの……、アダム。

老紳士　うん……しんしんと雪が降り積もってることでしょうな。毎年、新しい純白のシーツが覆う……、わたしはその場所を知らないですが、その風景は目に浮びます。エヴァさん、わたしにも子供の頃の忘れられない景色があるんです。

老婦人　あなたにも。雪なの？

老紳士　いいえ、夕日なんです。

老婦人　まあ、太陽！　どんな、どんな光なの。話して、アダム。

老紳士　五月の太陽……、暮れてゆく空を染める夕日の光なんです。町の家々、道を歩いてる人びとの上にまだ光り輝いていました。わたしは坂道を登りながらふと、夕日がくっきりと下界をさす光をまっすぐに見つめたんです。なんという不思議な不気味な暗い光景なんだろう……夕日の光、光というより硬く冷たく張りついた暗いオレンジ色……空なんだろうか、あの馴染み深いやわらかな空じゃない。町じゃない。空も町もどす赤く沈んだ血溜りだ、いや屠殺場の床にしみ込み流れることも消えることもない血の暗さだ。不吉な異様なもの――いつもは隠されているものの姿が今はっきりと現れ、ものの本当の姿をむき出しにして、わたしにのしかかり侵入してくる暗い血の光……。すべてがもうなくなってしまう瞬間を今、最後の光が隈なく照らし出している。あす、町も人びともわたしもなくなってしまう、燃えつきるのだ。太陽はもう昇らない暗黒……。恐怖というより、失われてしまったというからっぽの気持ちで、わたしはとめどなく涙を流し、夕日をみつめて立ちつくしているんです。

老婦人　ああ、アダム、あなたにぜひ、聞かせたいことがあたしに起こったの。恐ろしい偶然、太陽なの、まるで違う太陽。生きている太陽だわ。同じ太陽なのに、あなたのは、なにもかも奪う力なのね。

老紳士　そのようですな。光はいのちです、すべてを育みすべてを奪う……、与えられたものには、再び還らねばならん時というのが、わたしら人間にはあるのでしょう。そういうことを感じる瞬間があるんですな、たとえ子供にしろ……。あの夕日の光景がそれだったんです。エヴァさん、あなたの太陽をぜひとも聞かせて欲しい。生きてる光なんですな、それは。

老婦人　アダム、あなたなら分かってくれる。それはふいにやってきたの。つい三日前、午後の三時頃。町へ出かけた帰りがけの道、お店が並びスズカケの裸の木が広い道の両側に連なってる、そのスズカケがちょっと途切れた所を歩いてたあたしは突然、そう突然、深く大きくあたたかなもの、不思議な力があたしを呼んでる。呼ばれたあたしの目にしたのは太陽。燦然と輝く大きな深い、無限の光にあたしは強く感じた――今、いのちの光のただ中にあたしはいるのだ。光よ、永遠の命の衣よ、あたしを包め。おお、太陽が呼吸する、そのたびごとに新しい黄金の光が放たれる、不滅の息、光る波動。天空の隅ずみまで広がってゆく黄金の息吹き。空は金色《こんじき》に輝き、地上のすべて、あたしも町も人びとも裸の木も光り輝き、力溢れ、なんという強さ。なんという荘厳華麗な静けさ、中心のいのち太陽。世界中の黄金、キャッツアイ、真紅の珊瑚、ルビー、ガーネットも色褪せてしまう美しきもの、不滅の力。あたしは金いろの光、その不滅の息吹きに隈なく浸され、健康そのもの。無上のしあわせに身も心もたかまる。命の脈動にとけ込み、町なかのすべての音は消え、ただひとつ光のなかにある。あたしは太陽をまっすぐに見つめ続けた……すると、黄金の光の息吹きが、かすかな本当にかすかな音になって地上に降りそそぎ、町も家も人も、裸の木々、光の音は静かにはじけながら、それらのものへ吸い込まれてゆく……。すべてのものが光の息吹きにくるまれる至福の瞬間、この世のものではない光景……。アダム、信じて、あたしは聞いた、光の音を。かすかなとてもかすかな、そう、熟れ切った麦の穂がおだやかな風にほろほろと揺れ……種が茎を離れ、やがて大地へ還ってゆく……美しい音。麦はね、生を終わることで麦になるんだわ、終わりが始まりなの。その始まりの一瞬、きらめく深い息吹きがかすかな光の音なの。あたしが立っていたのはアスファルトの道、麦畠じゃない、でもありありと光の麦が降りそそぐ音を見た……太陽のなかに育った光の麦としか言えない。見たのよ、アダム。あたしは見た。聞いた。

老紳士　ああ、光の麦……地上に降りそそぐ光の音……、あなたは見たんですよ、恐ろしく美しいものを。わたしは信じますな。

老婦人　ありがとう、アダム。……あなたに聞かせてあげるわ、とてもあれには及ばないけど。ぜひともあなたにって、用意してたのよ。だって今夜はあたしたちにとって、二重の意味で素晴らしい時なんですもの。特に新しい出発のために。でしょ、アダム。

老紳士　さよう、選ばれた夜――一年のなかでただ一度だけの祭りの夜に加えて、生涯で記念すべき日が重なった。滅多にないことでしょうな。その上、光の音……素晴らしい贈り物だ。

彼女は麦を入れたパン籠をテーブルに。

老婦人　アダム、ほら。
老紳士　麦だ。
老婦人　そう、麦よ。だれでも知ってる麦。触ってごらん。
老紳士　（麦を握りしめ）……まだ眠っている麦だ。
老婦人　ええ。でも目を覚ますわ、じきに。アダム、テーブルから少し離れて腰掛けて。……いいわ、その辺で。よくって、アダム、あなた軽く目を閉じて。麦が目醒める時、その光の音を、耳で見るのよ、アダム。
老紳士　そうしよう（目を閉じ）、うん……静かだ……。

彼女は両手で麦をすくって、パン籠の中へゆっくり麦を降りそそぐ。

老婦人　かすかに……かすかな……光る息吹き……世界を……みたし……あなたを……あなたがたを……みたし……あたしたちをみたし……昨日、今日、あすをみたし……ひろい……ひろがりを光でみたす……光の麦の息吹き……。
老紳士　うん……かすかに、ちいさな音だ……明るいちいさなきらめきがこぼれ降る……。おや？　あの旗……ウサギのための野の王国の旗が揺れてる……、エヴァ、あなたはやさしい人だ……、エヴァ……。旗が……、光りが……、美しい……。

老紳士の上体が揺れ……椅子の背にもたれると、深く首をうなだれ……彼は固く、もはや動かない。
麦を降りそそぎ続ける彼女……。

老婦人　……ねえ、アダム、月はもうあたしになにも話してはくれないわ。だって、あまりにもたくさんの出来事を見てしまったからなの。あまりにも熱心に見つめすぎたんだわ……。そしてお月様はもう見ることをやめてしまった。お話することも……。天空に浮ぶ巨大な耳になったの。下界の音をじっと聞くだけなの。……もしかして、今、あたしたちのおしゃべりを聞いてるんじゃないかしら……。あなた、そう思わない？　どう、アダム。

彼女は、彼の姿をみつめる。

老婦人　……ね、アダム。眠ってしまったの……、もうじきドクター・サイトーがみえるわ。……アダム！

彼女は、彼をゆする。

老婦人　あなた……あなた……あなた！

彼の額に手を当ててみる、次にその胸に耳を押し当て、鼓動を聴こうとする……。彼女は床にひざまずき、膝に置かれた彼の両手を握り、その顔をじっとみつめる。
沈黙……。

老婦人 ……ああ、なんてこと……なんてことなの……アダム。……なんて記念日なの、クリスマスイヴ、そして婚姻の日に終わりの日が重なり一緒にやってくるなんて……。あたしたち、誓いをたててない、まだ……、ああ、アダム、始まりの前に終わりがきてしまった。……あたし、しっかりしなければ……、ええ、しっかりしてる。なすべきことをあたしはする、きちんとするわ、アダム。……今ほどあなたの存在を強く感じる時はない……短かった夏の日々、黄金の秋……一緒に過ごしたあの時間……あたしたちは生きた、ほんとうに生きた。……あなたはいる……アダム……。

ドアをノックする音。「遅くなりました、すみません。失礼しますよ、アンデルセンさん」——若い医師が室内へ入って来る。

若い医師 ……どうしました? ……なにか、あったんですか、アンデルセンさん。
老婦人 ああ、ドクター。遅過ぎた……、なんて記念日でしょう……、今、さっき、三分ほど前……この人に本当の休息がおとずれ……、アダムは言っていたわ、人には還るべき時がある——ただ一度だけおとずれる時間。ドクター、お願い、そっとしてあげて……。

若い医師　えッ……。ええ……、そうしましょう、自然のままに……、そうですね。あなたがおっしゃるように、この方に本当の休息がおとずれたのですね、分かりました。アンデルセンさん、ひとつだけしなければならないことがあるんです、医者の義務として。脈と呼吸と瞳孔――目をちょっと診るんですが、よろしいでしょうね、ほんの一、二分ですみますが。

老婦人　あなたの義務なら、果たさなければなりません。ドクター、どうぞ。

彼は、老紳士の手首の脈をとり、さらに白衣のポケットから取り出した聴診器を老紳士の左胸に当てて鼓動を確かめる。次に白衣の胸ポケットに挿したペンライトを照らして、老紳士の瞳孔反射をみる。ズボンのポケットからティッシュペーパーを取り出して、細く裂き、それを老紳士の鼻孔に近づけ、呼吸の有無を確かめる。次に腕時計を見る。

若い医師　気を悪くしないでくださいね、アンデルセンさん。今、ただ一度だけおとずれた時間をみました。決まりなんです医者の……。

彼は手帳にその時刻を書きとめる。

若い医師　アンデルセンさん、あなたがおっしゃった、本当の休息がこの方におとずれました。午後八時十三分でした（深く頭を下げる）。この方は軽い肺炎の後だったんです……、私がもう少し早く来なかったことをお詫びします。

老婦人　ドクター、それはいいの……。肺炎……そうだったの、でも、アダムはあたしとの約束のためにここへ来ました。たぶん、苦しさを押し通して。なんて見事な人なの……、アダムはアダムだけの時間を持っていた、それを変えることはだれにもできない、アダムはそれを感じていたんです。……あたしは、ハンスは居て居ない存在になったことを感じ、そして今夜、アダムが本当に休息したことを知りました。でも、あたしは今ほど深く生きていることを感じたことがない。別れに出会ったというのに……、ふしぎですわ、ドクター……。

若い医師　そうですね……あなたは、五感のすべてで感じ、生きる方なんですね。おそらく人は別れに出会った時、最も深く生を感ずるのかもしれません……さまざまな生を、人それぞれの……でしょうね。

老婦人　ええ、そうかもしれませんわ……、今は、大丈夫、あたしは大丈夫です。しゃんとしてる、今は。

若い医師　どうでしょうか、アンデルセンさん、よろしかったら今夜、僕、ずっと、あなたとこの方と、ご一緒させてもらってかまいませんか。

老婦人　ええ、ほんとうにありがとう。ドクター、お願いがありますの。あのツリー、モミの木をここへ運んでくださらない？　なぜって、アダムは木蔭の下が好きだったの、このお部屋の中にアダムに一番ふさわしい場所をつくってあげたいの。

若い医師　それはいいですね。そうしましょう。

彼はツリーの木鉢を押し、老紳士の側に移動させる。

老婦人　とてもいいわ……、ありがとう。ちょっとお待ちになってドクター。

彼女は、老紳士の膝の上にその指を組ませると、テーブルのワラのウサギを抱かせる。次に山高帽子を取りに行き、それを彼にかぶらせると、彼女は自分の帽子から白い花を選び、老紳士の胸ポケットに飾る。彼女はレースのショールを花飾りのある帽子の上からかぶる。

老婦人　これでよろしいわ。ドクター、アダムの後ろに立っていてくれませんこと。じきにすみますわ、婚姻の誓いをしなければいけませんの、あたしたち。

彼女はテーブルのパン籠を手に、老紳士のかたわらに立つ。

老婦人　今ここに、エヴァ・アンデルセンはアダムとともに誓いを立てます。サラの如くレベッカの如くエリザベルトの如く、貧しい時も病める時も苦しみを共にし喜びを共にわかち、地上の時間が二人を分かつとも……いいえ、時は光。光はつねに永遠に二人を包み、わたしたちは共に在る。

いつまでも。

彼女は、パン籠の麦をしずかに降りそそぐ……。
地球儀に光がともる。

老婦人 光の音をとどけましょう、クリスマスイヴに。毎年この夜に。世界中の子供たちに。ハンスの月のお話の続きではなく、あたしが本当に聞かせたかったのは、太陽の光……この音だったの。世界中の女の子、男の子のうえに光がそそぐ……おやすみ。しずかな光の音にくるまれて、おやすみ。……本当の休息に入ったあなた、アダム、おやすみなさい。

バルコニーで。
闇の中、人びとが手にした鉄製の小さな円盤形燭台のロウソクに、灯を一人、また一人と移し伝え、光が増えていく……、光の列は、やがて静かに歩み過ぎる。

月の声 ……やがて町のなかに、静かに美しい歌声が流れることでしょう。けれど、今、聞こえるちいさな音、そうです、あの老婦人の手からこぼれ落ちる麦の音にまさる美しいうた声はほかにないでありましょう。旅人のわたしはつい、いつまでも聞きほれてしまいそうです。けれど今夜もまたわたしは、この広い空をゆっくりと歩み続けなければなりません。……さようなら、親愛なる老婦人。

彼女は、無心に麦を降りそそぎ続ける……。

幕。

わたしはジン

■登場人物

ジン
青のジン
朱《あか》のジン
白のジン
ピエロ
声・男1
声・男2
声・男3
声・女1
声・女2

闇。

声・男1　（呟く）三分、十五秒……いいだろう……。

時計のネジを巻く音……続く。

声・男1　（呟き）……十五秒、十四、十三、十二、十一、十、九、八、七、六、五、四、三、二、一、

ゼロ（ネジの音、止む）世界は完成した、無の黎明。……よろこべ。

闇。

鉄の重い扉が次つぎに閉じられる音。

閂を挿し込む軋む音に続き時を刻む時計の音……。

群れなして飛び交う鳥たちの不吉な異様な鳴き声。

時計の音、止む。

烈風。

建造物の崩壊音。はるか港に碇泊中の船舶から悲鳴のような汽笛、次つぎに響く。

……静寂。

透明な青の空間。やわらかな陽の光に照らされ、破壊され尽くした病める人の館《やかた》・「悦楽の園」、病室の一室。

ガラクタが床に散乱している。倒壊し分断した石の円柱、渦巻き模様の浮彫りのある石の壁の破片、青銅のひしゃげた壺、小振りのライオン彫像、大小さまざまな石、コンクリート壁の破片など。

やや中央に、かしぎ歪んだ、古い粗末な木製ベッド四つがきっちり並ぶ、つまり巨大なベッドがある。ベッドの三隅の柱に掛け渡した古びた目の粗いボロの漁網が天蓋のように垂れ、漁網のところどころに、広口の土製の壺、ひしゃげた硝子製、金属製の壺がいくつか括りつけてある。他に、なにもない。

巨大なベッドにジンが腰掛けている、ぼろぼろの漁網を纏って。

彼女の足元にも、壺がいくつか置かれ、その一つを手にし、耳元で壺をゆする。首を振り、それを置き、別の壺を取り上げて同じように……。

ジン　どれもこれも……一滴も……。もしかしたらほんの……（壺に指を突っ込み、指を舐める）からっきしないってわけでも……ほんの少し舌がうるおう……純粋の水。このあたりにいつか、しめった霧が流れる……壺に流れ込んで純粋の水になる。待つんだわ、一滴の水。それで十分だわ。
いくつかの壺に指を入れ、指を舐め、ゆっくりと呼吸する。

ジン　吐く……吸う。吐く、吸う……。息、声、あたしは言葉だ。……吐く、吸う……ほら、言葉が

出る。しゃべる。それはあたしが言葉の書物だから。（空を見上げる）太陽。あのあたりから声が
あたしのなかに届く。

声・男2　お前はだれだ。

ジン　……わたし？　わたしは言葉だ。言葉の最後の所有者。もうだれもいない。わたしの言葉が今ここに生きてる。わたしはジンという名の女。ジン、人《ひと》。

立ち上がり、空間に大きく人の文字を書く。

ジン　立っている大きなクエッションマークだわ。……ここがどこなのか、陸地？　それとも消えてしまった海？　なにが起こったのか知らない。……あたしが居るのだから、ここはあたしの部屋。世界だわ。

あたりを見渡す。

ジン　このままでいい……、いいのよ。なんて素晴らしい眺めでしょう。世界中の遺跡、宝物……どうしてここに集まったのか……、贈り物？　まさか。悪意をこめた謎かもしれない、世界の最後の景色……。古代ギリシャのコリント式石の柱……青銅の壺は、大昔の中国の……、まあ、素晴らしい青いガラスの壺、ペルシャだわ。この渦巻き模様は海だわ、古代アッシリアの石の壁ね

……。大変なことよ、ギリシャだのアッシリアだのペルシャとか……名づけられた名前、名前。名前が多すぎる、押し潰ぶされてしまう。名前で出来上がった世界はいつか壊れてしまうんだわ。

ベッドに近づく。

ジン あたしのベッド（ベッドにさわる）この手ざわり……木で作られたことは確か……古代ギリシャのカルネアデスの板。そうよ、これは巨大な板っ切れ、カルネアデス号……人生の船だわ。まるで難波した船みたい……「たゆたえども沈まず」だわ。海はゆれ動く。（空を見上げる）空は動かない。太陽がある。

声・男2 お前一人だけなのか。

ジン ひとりじゃない。あたしの今の前の、その前の、ずうっと前のあたしがいる。

声・男2 どこにだ。

ジン ここに（体をさす）いる。

声・男2 なにもしないのか。

ジン ……ええ、なにも。

声・男2 なにもか。

ジン なにもですわ。あなたのように、なにもしない。

声・男2 知っているのか、そこがどこなのか。

ジン　あなたは知ってるの？

声・男2　水の惑星、地球というちっぽけな、でこぼこの塊りだ。

ジン　そうかしら、土のカーペットに乗っかってるだけかも知れない……天の筏なのよ。どこかへ流れてるわ。地球はバラバラに壊れたみたいよ。……そうね、地球ってものがあった……。あの隅っこが南だとすれば……こっち側は北……。ここが東で……するとあそこが……分からなくなってしまった。いったい東西南北なんてあるの？　あるのは右手と左手……（手を見る）秩序ってものだわ。地球にだって秩序があった。でこぼこの塊り、小っぽけな地球に秩序、東西南北をつくる。やってみるのよ、ジン。手はじめに、秩序、秩序を。

あたりを見まわして、石柱の断片の一つを選び、運ぶ。難儀する彼女。

ジン　運ぶ……きめる。きめるのよ、あそこが南……南を目指して。「汝《なんじ》が声、誰も聞かずば、ひとり歩め、ひとり歩め」……まず一歩を、次にまた一歩……。

石柱を据える。

ジン　ここが南。あっちが北……あたしは北からやって来たんだわ。（北を見て）……なにも変わらない眺め。素晴らしいことだわ、あたしは目指したのだから、北から南へ。（目を閉じる）南には海がある、波がある。静かにゆったりと船の脇腹を頬ずりする波。青くとけあった海と空。素晴らしい日だわ……目を閉じると見える景色……それでいいのよ。（目を開く）……北にはなにがある……？　白樺の林……どこまでも続く……空を覆いかくし、高く高くそびえ……。白樺の林を目指してやってみるのよ、ジン。

再び石柱をもと来た方向に運ぶ。

ジン　北へ、北へ……汝《なんじ》が声、誰も聞かずば、ひとり歩め、ひとり歩め。

石柱を据える。

ジン　……ああ。失われてしまった東西南北……海も白樺の林も。空がある。空には東西南北、ハル、ナツ、アキ、フユがある、素晴らしいわ。……ひとり歩め、際限もなく……続け、続けたとしても終わりのない苦役……。永遠の苦役、あたしはその苦役のために、永遠に生きなければならないの？　なんてこと。東西南北なんかはじめから、ここにはなかった……。だったら、ここが陸……「陸ここに尽き海はじまる」。あそこはもう海。今、あたしが決めた陸地と海、それで十分だわ、ほかになにがある……。（空を仰ぐ）ぼんやり灰色の空……、目まいがする。

声・男2　休め、休め、休むのだジン。

彼女はベッドに倒れ込む。
……やがて体を起こし、壺を胸にし、その感触を確かめ、次に頰にあてる。

ジン　……なまあったかいだけ……。風も死に絶えた……。

上に纏ったボロの漁網を脱ぎ、ベッドに放る。漁網のボロをじっとみつめる。

ジン　……つい先刻《さっき》のあたしは死んだ。何才？　知らないわ、そんなこと。時間なんて。言葉、言葉、言葉が過ぎてゆく……それを時間と言うなら、そうかもしれない。じゃ沈黙ってなにかしら……。それこそ純粋の時間。そこにとどまり、深く揺れる、音のない音……。光の粒子、言葉がじっと息を潜めてる……。

漁網の下に着ている古びた、ゆったりした丈長の白の衣服を脱ぎ、匂いを嗅ぐ……。白の衣服の下には同型の朱《あか》の衣服。

ジン　……流れ続いている遠い昨日の匂い……、するかしないか……ラベンダーだわ。少し憂鬱な、女盛りを過ぎた匂い……。そのあたしは死んだ、遠い昨日だった。白のジン……五十八歳。

白の衣服を無造作にベッド後方、遠くへ放る。朱《あか》の衣服を脱ぎ、手にとる。
朱《あか》の下には青色の衣服を着ている。

ジン　まあ、なんて強烈な……ジャコウ。女盛りってこと。世界はあたしのために在る。すべてが手に入り、光り輝く。衰えることなんて想像の埒外。時はゆっくりとしのび寄る殺人者だったのに……。ずっと前の昨日、あたしは死んだ、朱《あか》のジン……百三十三歳。

朱《あか》の衣服をベッド後方、遠くへ放る。青の衣服を脱ぎ、それを手に。

ジン　その前のもっと前の昨日、あたしは死んだ、二百十四歳……まだ青い実だった。微妙にゆれ動く不思議な年頃。幼くっておませで空想好き。ほんのかすかに、なにかしら？　シャボンの匂いだわ。そう最初に死んだのは一番若いあたし、青のジンだわ。

青の衣服を放る。一番下に、くすんだ黄土色の衣服を着ている。
彼女は遠くへ放った衣服を振り返る。

ジン　みんなあたしだった……、あたしが散らばってる……逝ってしまったあたしよ、言葉の抜けがら、美しい蛇。そこにとどまれ。確かなことは、あたしが今、ここに居る。欲望だってある。あの純粋の水、どうしても手に入れるわ。

床に置いてある壺を運び、ベッドの柱に垂れている漁網に壺を結わえはじめる。

ジン　……このあたりだわ、霧の道……たなびく一筋でいいわ。天の一滴……つつましい欲望ね。

と、空中からテープレコーダーの雑音が響く。
次第に明瞭な声になって流れる。

声・男1　悦楽の園に告ぐ。民よ、聞け。終わりの時がきた。絶対の治療、救いを与《さず》ける。慈悲の死だ。……病める者よ、おそれるな、よろこべ。（時を刻む時計の音……、雑音）

ジン　民ですって、あたしはジンよ。あたしじゃない。ああ作られた音が流れてるだけ。声じゃない、重さなんてない。（上を仰ぎ）ここらへんを音の死骸がさまよって……勝手にするがいいわ。

壺を結え終わると、ベッドに腰掛け、かなぐり捨てたボロの漁網をたぐり寄せる。

ジン　……匂うわ……あたしの汗の匂い……、まあ、海の匂いだわ。（漁網を舐める）塩の味……ひりっと舌を刺すみたい……海もあたしの汗も、もとは同じもの……海はかたちなく、あたしはかたちあるもの。もとはひとつだった……。しあわせだった、ってことね。（漁網をたぐり）ひどいボロ。しあわせって壊われる厄介なシロモノ。大事なことよ、しあわせを繕う。これにだって秩序、しあわせがあったんだわ、手をつないだ網の目秩序……、きっちりと結ぶ。固く結び合わせて、なにをつかまえるの、ジン。思い出？　それとも想いもつかない出来事？　つかまるのかしら、そんな大珍事なんて。

空中で雑音。やがて女性の声。
ジンはまったく無関心。ひたすら漁網を繕い続ける。

声・女1　悦楽の園、病院長通告第二百九十九号。緊急のお知らせです。みなさん、目を醒しなさい。起きるのです。巨大な竜巻がこちらへ向かって来ています。猛烈な熱風と強い衝撃波、強烈な光の爆風です。前代未聞の天変地異が起こったのです。
窓は絶対に開けてはなりません、よろい戸のある窓はよろい戸を閉めること。カーテンのある窓はカーテンを閉じること。みなさん、落ち着いてください。

声・女2　注意。お隣りのベッドと自分のベッドをしっかりくくりつけ、お隣りの人と互いに体を縛りあうこと。おもしになります、お互いに。そして必ず白いシーツをかぶって、ベッドの下にごろんと倒れるのです。その前に排泄はすませておくこと、大も小も両方です、頑張ってください。

その後で水をたっぷり飲むこと。手元の薬を全部、一気に飲み込むのです。水道が止まってしまうからです。電気もです。ひょっとすると命までも。治療薬、非常食品はあ……。（雑音）

声・女1　あわてないこと、絶対に。喚かないことです。興奮はためになりません。注意事項を順序に従って必ず実行すること。そしてみなさんはなにもせず、ごろんと転がりじっと待つのです。竜巻は通り過ぎるだけです。もう時間がない、止められない、（早口で怯え）竜巻じゃない、人間が作った巨大な恐ろしいエネルギーの大爆……。（雑音）

ジン　繕いものを終えている。

ジン　音があちこちにぶつかって、コダマみたいにはね返ってくる。ブーメランみたい。墓穴《はかあな》から吹きあげる気まぐれな音の亡霊だわ。聞き手を探してるみたい、滑稽ねえ。

ジン、漁網を纏い、身繕いする。

ジン　……想い出すわ……どこだったかしら、仮装舞踏会……あたしはヴェールを纏って、湿ったすり減った石の階段……そうだ、あそこは地下都市。ふいに音楽……ラッパ……ホルンの音だわ。大音響、石の壁にはね返って、耳が痛いくらい……耳が痛い。

耳をふさぐ。
かつての残響――低く途切れとぎれの汽笛……。
すると、ベッドの後方に、ジンが脱ぎ捨て放った青い衣服の青のジン、朱《あか》い衣服の朱《あか》のジン、白の衣服を着た白のジン、三人のジンがあらわれる。

白のジン　……嵐だっていいわ、窓を開けて。おねがい、息がつけない……。
朱のジン　窓なんかない、素通し。嵐じゃない。汽笛だわ、往き交う船の挨拶、汽笛よ。豪快だわ、気分が昂《たか》まる。
白のジン　汽笛……あれは百年前の、いいえ、二百年前の汽笛。そう、今、目に見える星の光が二百年前の光のように、ふるえる音が伝わる。何百年も眠り続けていたわたし……。音にゆさぶられて、今、はっきりと目を醒した……。
青のジン　汽笛は今、ほんとうに今、鳴ってるのよ。港に着くんだわ。まあ、海が縮んでいくわ。わたしの知らない海だわ。
白のジン　もう聞こえない波の音。想い出すわ……波がつぶやいた最後の声。もう繰り返しはきかない。囁く飛沫《しぶき》、たわむれた光……、うねり、踊りあがるあの喜び。……涸れてしまった、海という海……わたしの海。

汽笛の音、ひときわ高く響く。

ジン、耳をふさいでいた両手を思わず離す。

ジン　まあ、汽笛。汽笛が鳴ってる。幾艘もだわ。午前零時。「新年おめでとう」の合図だわ。あの大きな汽笛、豪華客船だわ。新しい年に未知の国々へ旅立つ乗客たち、なんて誇らし気なこと。シャンパンを注ぎ、お互いのグラスをカチン。おめでとう、よい旅を。船長ともなれば微笑を絶やさず右に左にグラスを打ち合わせ、ほろ酔機嫌でついすごしてしまう。でも船長室の机の上に仕事が待ってる、必ず誌《しる》す航海日誌。こう書いたわ。

新世紀第一日。

声・男3　北緯三十五度四十分十秒、東経百三十五度三十九分（作者の居住地の位置）に碇泊せり。新しき世紀の始まりの日なり。港に碇泊せる船舶、多数。一斉に新年の挨拶たる汽笛鳴らせるは常の習慣なりしも新世紀迎えしこの時、乗客乗員すこぶる感激せり。シャンパンの酒杯重ね前途を祝すこととしきりなり。されど人の命運はあたかも余の掌《たなごころ》を占うがごとく未来未知、茫茫ならんや。さすれば万が一の海難に備え乗客乗員総員に例のカルネアデスの板、甚だ心もとなき救命具なれど無防備なるより益あらんと、二名に一枚配布し置きたり。願わくば平穏なる航海、かのカルネアデスの板、不要ならんことを余は祈る。我等の前途を守り給え。

ジン　……カルネアデスの板……。あたしのベッド。

ジン、ベッドを振り返り見る。

……と、四人のジン、見つめ合う。

ジン　……ああ、わたしがいる。なんと言うこと……逝っしまったあたしが……過去《むかし》のあたしがいる。

朱のジン　あなた、だれなの。

白のジン　ジン……。

朱のジン　ジン？　あたしよジンは。だれよ、あなた。

青のジン　あたし、ジンよ。

朱のジン　まあ。驚いた、みんなジン。

ジン　そうよ、みんなジン。あたしなんだわ。

朱のジン　そこに居るのはだれなのよ。なにを言ってるのよ。

ジン　ジンよ。揃ったのよあたしのすべて、ジンが。なんて呼ぶのかしら、あなたたちじゃおかしい。だって、つまりあなたたちの未来がこのあたしなんですからね、わかる？

朱のジン　あたしの未来……あなたが？　あり得るかしら、あたしがここに居て、未来のあたしが同時に居るなんて。それが仮りによ、あり得ることだとしても、いいこと、このあたしが居なければあなたなんて居ないのよ。

ジン、高らかに笑う。

朱のジン　なによ、未来が笑う。あんたがそうなの、あきれた人。証拠でもあるの、無礼よ。
白のジン　……わかります、わたしの未来、それは決まっていた。想像もしなかった姿……。
ジン　そうよ、白のジン。でも、きっぱり言うわ、よろしい？　一番若かった青のジン、そして朱《あか》のあたし、その後には白のジン……みんなあたしよ。遠く過ぎてしまったそれぞれの時。でも、その時間は続いてる。ひとつなのよ。いらっしゃい、こちらへ。よく見たいの……。
朱のジン　興味があるわ、あたしの未来にじかに手でさわってみる。ぞくぞくするわ。
青のジン　上陸よ、ジン。面白そうだわ。

三人のジン、ジンのそばに歩み寄る。
朱《あか》のジンは乗馬用の鞭を手に。白のジンは黒い長いヴェールと古い革表紙のぶ厚い日記を手に。青のジン、ムギワラ帽を手にして。
朱《あか》のジン、ジンの前で鞭を鳴らす。

ジン　相変わらずね、しゃっきりして。……あたしはひとつになった。しあわせよ、千切れちぎれの想い出が、今、目の前に。（朱《あか》のジンへ）あなたって言っていいのかしら、いえ、三十三歳で百、三十三歳の朱《あか》のジン。でもあなたの言葉は三十三歳のあたしが言ってるんだわ。（青のジンへ）十四歳、いいえ二百、十四歳の青のあたし。遠く過ぎ去ってしまった時間って、屋根に降り積もった、決して溶けない雪、やさしく、ずっしり重い。（白のジンへ）五十八歳白のジン……つい昨日みたいだわ。遠くて近い昨日のあたし。

白のジン　あなたは、あたしなのですね。

朱のジン　まさか、とんでもない。いったい、何がどうなったのか知らないけど、なによ、三十三歳で百三十三歳？　どうしてそんな馬鹿な齢《とし》になったのよ。答えて。

ジン　十年、一日のごとし。百年なんて、あっと言う間。でも一瞬は永遠というわ。濃密な時間は、世界時間を超えてしまうでしょうね。

朱のジン　そう言うあなたはおいくつなのかしら。

ジン　知りませんよ、歳なんて。歳をとるってことなんか。

朱のジン　お見事な健忘症。馬鹿ばかしい。いったいここはどこなのよ。それも分からない。

白のジン　地の果て、それとも空に一番近いところの……部屋なのかしら……。

朱のジン　見てよ、手のつけようもない乱雑さ、大地震の後、それとも爆撃でもくらったみたい、部屋っていえるかしら。さっき、あなた古臭い言葉でなんか読んでたわね。航海中なの、まさかここが船室？

ジン　とても大きな汽笛を鳴らした客船の船長。航海日誌だわ、第一ページ、つまり航海第一日が最後の言葉だった。

朱のジン　あら、沈没したんですか。

ジン　知りませんね、そんなことはまるで関心がない。でもわたくしは、世界の言葉を聞き言葉を司る、言葉の最後の持ち主なんですよ。お分かり？　あなたのすべての言葉だって、わたくしのここ（頭を指す）に残されてるんです。

朱のジン　あたしが次の瞬間しゃべる言葉があなたのそのオツムの中にすでにある？　その手に乗るもんですか。世界の言葉を司る言葉の最後の持ち主ですか。イカサマ師、ニセ予言者、気がふれてる。

白のジン　今はいつですの？　なんでも知ってるジン……。

ジン　現代ですよ。生きてる人はいつもその時が現代なんですからね。

朱のジン　これが現代なの。なによ、こんなガラクタなんて。すべてが、世界が輝いていたわ、第一あたし自身がね。

青のジン　おぼえてるわ、このベッドあたしのよ。

青のジン、ベッドに飛び乗る。ムギワラ帽子を放りあげ、跳ね回る。

青のジン　はずむわ……はずむ。キシ、キシ、きしむわ。よろこんでる、ベッドの笑い声。板っ切れの悲鳴。あたしじゃない。あたしはジンよ。

白のジン　やめて、やめて、あたし、壊われる……。

ジン　おりるのよ、降りなさいジン。

青のジン、ベッドを降り、ライオンの彫像を見つける。

青のジン　ライオンだ。おい……死んだのか。吼えろよ。

白のジン、ベッドに近づく。

白のジン　難波した船……海の墓標……鉛のおもり……沈んでしまったわたしの柩……。（ベッドに横たわる）

青のジン　（ライオン像に）この子だって昔、風に立て髪なびかせて走ったんだ。……立て髪、撫でつけてあげるわ。

青のジン、衣服の裾でライオンをこする。

朱のジン　野性の動物はひっそりおごそかに死ぬ。一面のヒナゲシ、唇が咲いてる。散れ！（鞭を振るう）女の唇が飛ぶ、世界中で。ほら、風、赤い風よ。

ジン　てんでんばらばら、手に負えない。……人生だわ……。

白のジン　石の壁に塗りこめられる……苦しい……動けない。……石の壁に刻まれた海がある。閉じこめられた海が呼ぶ、だれ、海にいるのはだれ？　あざ笑い、おどし声をたて唸り吼える、だれ……。崩れる。崩れ砕け、散る白い石の波……白い石の海に押しつぶされ、押し流され、どこへ

ジン　……、どこへ……。

白のジン　ひどい病気のジン……。つらいジン……。

……ぼんやりした、時間のない世界……身につけているもの、あたし自身に……なんの所有感もない……。でも、耳は鋭くもの音をとらえ続け……。今はもう……硬い白い嵐は去ったわ……。海辺の砂浜に打ちあげられた貝殻がこすれ合う、かすかな音。風が運ぶあたしだけの音楽……。始まるんだわ……仮装舞踏会……。

白のジン、ベッドからゆっくり降りる。黒のヴェールをかぶり、ぎこちなくゆっくり歩きまわる。

朱のジン　大変なこと。結構よ、狂える未来。あたしとしては断固、許せない。欲しくない。あなた、なぜここに居るのよ。

白のジン　……ゆるしてください……。

ジン　不満はすぐ爆発する。人をなじる。だれをも責めない深い悲しみ、痛み……。

朱のジン　皮肉ね。あたしがあなたの年頃になったら、そのコトバを思い出すでしょうよ。しみじみとね。

白のジン　(だれにともなく)……はい、ありがとうございます。すみません……わたしは、ジン……。

青のジン　僕はライオンがいい。食うか、食われるか。明日なんてない。選べるのかい、未来って。

ジン　だれにも分からないことだわ。……生まれたことは選ばれたこと、確かなのはこのことだけね。

白のジン、ベッドに腰を下ろし、膝の上に古い革表紙の日記。

朱のジン　どうやら白い嵐は去ったようだわ。

ジン　相当なものだったわ、鞭を鳴らし、怒鳴ったり上機嫌だったり、覚えてる？

朱のジン　そういえば……、鞭を鳴らすのが好きなのかな……。それだけよ。

ジン　そうだったかしら。鞭を鳴らすあたし。淡い茄子紺色の渚。風を切り開いて走る、馬に乗ったあたし。あの渚こそあたしの悦楽の園。真っ赤な太陽。あたしの心臓。波は群れなして走る青い馬。あたしは視る、お前を、永遠の貌《かお》、太陽。視つづける、時はとまった。光る沈黙。お前とあたしの心臓の鼓動は一致して響く、波はその響きを伝えた。お前の前に群れなす青い馬は今やひれ伏し、お前はその背に乗り、静かに、悠々と、そして急速に海へ……。だれだ、光る首を斬り落としたのは。

ジンと朱《あか》のジンは向き合い、互いに鋭く見つめる。朱《あか》のジン、時折り激しく鞭を鳴らす。青のジン、じっと二人のジンを見ている、ライオン像に腰かけて。

朱のジン　太陽、あの光る首が淡い茄子紺色の空から斬り落とされる。馬上のあたしは息をのみ、ただ恍惚とみつめる。光の血吹雪を全身に浴びて輝くあたし。

ジン　明日《あす》の光。三十三歳、輝くジン。鞭を思い切り鳴らして走る。渚の砂を深くえぐって。

朱のジン　街へ、広場へ、南の石の門をくぐり抜け、石畳を蹴る蹄の音高く、あたしの胸は高鳴る。行きかう人々を見下ろして、あたしは視た、はっきりと。広場の中央に立つアポロンの立像、あの斬り落とされた光る首、その燃える残光に輝いて、アポロン、お前はあたしにそっと微笑した。その時、あたしは感じた、お前とあたしはあの光のまぎれもない姉弟《きょうだい》。お前は生きている。あたしだけが知る、お前の滑らかに引きしまった筋肉、その胸、腕、太腿《ふともも》の手ざわり。視線が伝える感触に酔い痴《し》れる悦楽の日々、たそがれの秘めごと。光り輝くあたしは三十三歳。わたしはジン。……あたしの若さをなつかしむのはあなたの自由よ。でも無駄、あなたの手からこぼれ落ちてしまった遠い昨日《きのう》。

ジン　そうよ、遠い昨日。若かった時、つまりあたしがあなただった時のことね。あたしを見てなにも感じないの？

朱のジン　別に。

ジン　復讐されたのよ、あなたは。未来の時間、このあたしに。見てごらん、このジンを。美しい？輝いている？　あなたが向き合っているのは時の生々しい残酷な姿よ。さわってみる？

朱のジン　復讐なの。いいこと、それはね嫉妬という名の痛ましい奢りよ。

ジン　よく気づいてくれたわ、ジン。復讐と嫉妬は姉妹なのよ、哀しくはなやぐ奢り、最後の砦。酷い誇りかもしれない……。

朱のジン　……ジン……。もうそれ以上言わないで。

短い間。

青のジン　どう言うことか分からないでしょ、二百、十四歳のあたし。女でも男でもないわ。ある時は僕で、別の時にはジンって女の子なの。気分はふいにやって来るんだ。だれにだって秘密のたのしみはあったさ。僕はね、唇に紅をきつく、くっきり塗って、鏡の中へ話しかける。だれなんだいお前は？　なにが欲しいんだ？

ジン　いつか僕と女の子が和解する時だよ。

青のジン　そうか。すこし年をとるってことかい、どっちかが。

ジン　そうだよ。なにも特別なことじゃない。そうやって大人になるのさ。

青のジン　時間が決着をつけるのか。道理で物持ちがいい、古いベッド四つもくっつけて。想い出かい。いいことだよ、あの頃を大事にとって置く。だけどさ、こいつ、船みたいだ、浜辺に乗り捨てられた、眠りの船なんだ。いつか忘れ、捨てられてしまう。

ジン　そうかしら、想い出は眠りの船に住んでるのよ、見かけは老ぼれ船だけど、夢を積んでる。おとずれた夢、まだやって来ない夢、探しあぐんでる夢。万華鏡よ、夢の船は。人生の船だわ。

青のジン　夢も想い出も人にわけてあげられないよ。だれも入りこめない秘密の瓶だ。きつく握りしめるとこなごなに砕ける。

ジン　そうよ、それが想い出というものよ。大切にそっと、とっておくことね。

青のジン　おーい、カン公ー、ター坊。（間）……つまんねえや。

朱《あか》のジン、ベッドに飛び乗る。

朱のジン　あたしは違う。海図も羅針盤もいらない。夢路はるかに大航海。面舵《おもかじ》いっぱーい。よーそろ。よそろの風。走れ！

青のジン　居た、そこか。（ベッドに飛び乗る）どこもかしこも空はトンボの森だ。おい、釣ったか。へえー、数え切れないや。飛んでけ、どこへでも。キラッ、キラッ。キラッの今、体じゅうかけまわる。いいぞ。どうだい？

朱のジン　波打つ空。押し寄せる金波銀波の山。行け！　青い未来へ。……あら（天蓋の漁網に吊るした壺を指し）なんなの？

ジン　今に分かるわ。天の一滴、純粋の水。壺に溜るのを待ってるのよ。

ジンは去り行く船に別れの手を振っていた。

白のジン、ベッドに腰かけたまま、膝にのせた革表紙の日記を撫で、まったくの無関心だった。

朱《あか》・青のジン、ベッドから降りる。

朱のジン　なんなの、天の一滴、純粋の水？　しかも一滴。あきれたわ。ぶち壊しよ、あたしの大航海。

白のジン　……空には天の深い淵があるわ……ひとしずくの結晶……純粋の水……。
青のジン　そうか、砂漠に降る一粒のダイヤモンド。夜の星みたいに光る。どんな形になっても不思議じゃない、水は魔術師なんだ。船は砂漠に着いたんだ。これで（ムギワラ帽）僕だ。硬く光る水、どこだ。
朱のジン　いつなのよ。
ジン　確信してるわ、いつか、いつかね。
朱のジン　またも未来、過ぎ去る今のことだわ。なにも起こらないじゃない。……あの人、自分の柩に腰掛けて、なに思ってるのかしら。
ジン　日記よ。
青のジン　（ムギワラ帽を覗き）からっぽだ。魔法か。……なにしてんだ……。
朱のジン　撫でるだけの日記なんですって。
白のジン　（日記を開く、だが見ない）。
雨ガ降ッテイル、トギレナイ雨ノ音。トテモ気ニナル。ダレ……？　オビエテイル、ワタシ。ドウシテナノ、アレハ雨ナノニ。言葉ガ出ナイ。スミマセン、ワタシハ一匹ノ害虫ナノカモシレナイ、ココニイテモ、ユルシテクダサイ。
毎日ヲ何モシナイノハ、ナニモ持ッテナイコトト同ジ。暗イ。コレデハイケナイノヨ、ジン。限リナク小サク、遠ノイテユク、ナニモ無ク、ナニモ無イ、音モナク崩レル土クレ、ダレデモナイ、二本ノ骨ノ小枝、立ッテイル。（間）

ジン　……なぜあたし、書くの……とても努力して、いっしょうけんめい……。言葉はなんなの……。

ジン　書かれた言葉は消えない。動かない。生きてる時間なの。こけつまろびつ風に吹き千切れそうな、よろよろよろけた、小さな小さな足跡。書き誌す、自分に言い聞かせることなのね。おしまいにはだれにも読めない……聞きとれない声……、心の奥底の深い呼吸……。振り返って見えた心の迷路なの。

白のジン　……一年の終わり……仮装舞踏会、五十八歳の誕生日……あの夜……。だめ、苦しい……もう、あたし、できない。（閉じた日記、床に叩きつける）

青のジン　なにもしてやれないのか。

ジン　あたしのする通りにやって。（深呼吸）息を吐く、吸う……つづけて。そう……息……声……言葉。……続けて、ジン。

朱のジン　それだけ？　……どうなのあたしの未来。

ジン　ジン。……これ（大ぶりの壺を）覗いてみて。

白のジン　（壺を覗き）からっぽ。なぜこんなこと……。

ジン　なにも見えない。恐ろしい思いに襲われもしない。今はもう話せるわ。ジン、あなた、知らないうちに選んだ。生きること。あの夜はもう消えてない。

白のジン　でも、はっきり覚えている。義務、仮装舞踏会へ出席する。ひどく億劫で気分は重い。衣裳を借りる気分なんかない。鋏でいつもの服に星と三日月の形に穴を作って、それから黒いヴェールをすっぽり、胸に銀の渦巻き模様のブローチを留めて。……なるべく人の居ない場所……月の下を、白樺の林を抜け、古い石倉の階段……そこがなんと呼ばれる所か知らない。

ジン　園にある地下都市カタコンベ。そこを選んで暮らしてる人たちもいた。あの夜は勝手に世紀、時代、建物も選べ、そのうえ仮装は自由。女王がバザールのいかがわしい商人《あきんど》かと思うと、宮廷の玉座に斧を持った死刑執行人がでんと腰かけたり、貴婦人姿の女がくわえ煙草でバビロンの神殿前に、巫女《みこ》姿に女装した男たちと一緒に立っている。コリント式石柱に抱きついてる男たち。そう、悦楽の園は、すべて巧妙に、模倣して造られた小世界……。館《やかた》はめくるめく狂乱の坩堝《るつぼ》。

白のジン　逃げ込むように……すりへった石の階段……ぼんやり光るランタン……淀んだカビ臭い湿った空気が鼻をついて……進むのをよそう……、なぜかしら先へ行こう……。石室《いしむろ》の中に引き込まれるように……大きな樽やカメが並んだ、酒倉かしら……、ふと大きなカメを覗きこんだ。視たのよ、枯れた細いツル草にぶら下がった、こんなに（指で大きさをつくり）小さなあたし……。大ガメの中はなにかの液体が渦巻き、小さな小さな人間の顔がいくつも歪んで大口をあけて笑い、泣き叫び、怒鳴り、ツル草にぶら下がって今にも指がしびれ、手を放しそうになるあたしを見上げている。その時、ホルンの音。石の壁にはね返って、頭を突き刺す。体が引き裂かれる。指を放したら、死ぬ。あの液体の底知れない黒の死の海。耐えた……いっそ指を放して墜落。その方がいい、楽になる……。でも、いや。全身が冷たい汗を噴き、目まいがする。カメの中の顔がぐるぐる渦巻いてる。耳元で、もっと大きなホルン。振り仰ぐと、ピエロ。

朱のジン　あの赤い水玉模様、だぶだぶの服、まっ白に塗った顔、大きな真っ赤な唇でしょ。

白のジン　あたしは地上に立っていた。石室《いしむろ》は目の眩みそうに明るい。ピエロは大袈裟に深ぶかとお辞儀した。
「奥様、深淵を覗く憂愁夫人にご忠告いたしますご無礼、この通り（お辞儀する）おゆるしなされますよう。奥様が視ておられた深い淵は月の嵐の海。奥様ご自身の魂の影が映し出される鏡でございます。身を投げても無駄でございます、海水など一滴もない。深淵の鏡は、凍てついた氷の沙幕なのです。奥様がご覧になった、渦巻く人間どもの顔、あれは人間ではありません。塵芥《ちりあくた》、つまり人のなれの果てが何故か青白い赤黒い粒子になって、死の舞踏を踊るのでございます。およろしかったら、お手をどうぞ、奥様。」

いや！　いや！　さわらないで！

ジン　お前は、だれ。
「ご覧の通りの道化者、いいえ、物真似にたけた小者でございます。奥様のお目にとまり光栄至極に存じます。今宵、奥様との舞踏をたのしみに所望いたし、果たせぬこのおもいは永遠にこの胸に、炎となって燃えましょう。……おそれるな、奥様には永劫の時を独りさまよう、終わりのない生が科せられるでありましょう……よろこべ。」

短い間。

白のジン　……ああ、あたしのジン。

白のジン、ジンの胸に顔をうずめる。

ジン　……すべては終わったのよ、ジン。

朱のジン　本当にピエロが居たの？

ジン　誓って言えるわ、ピエロは居た。

青のジン　何者なんだい、そいつは。

ジン　二度と出会わなかった。大仰な陰気なもの言い、あの物腰。もし出会ったら、すぐに。

青のジン　物真似の上手《うま》いピエロって居るのかい。だれの真似をしたんだい。

ジン　真似……？

青のジン　王様だよ。だってさ、ピエロは王様に仕えてるんだろ。仮装舞踏会なんだからね、ピエロに扮装して、そのうえ、王様を真似したんだ。二重の扮装じゃないか。

朱のジン　それが遊びってものよ。しかもわざわざ物真似にたけた、言ったんでしょ。

ジン　そうだ。「おそれるな」「よろこべ」が口ぐせ。分かったでしょ、ジン。「よろこべ」この言葉よ。

白のジン　声だけ。会ったことのない人……。

ジン　会ったこともない人、あたしだって。声だけよ。

青のジン　声の王様か。

朱のジン　王様だのピエロだの、仮装舞踏会につきものよ。なによ、永遠に生きろだって。馬鹿ばかしい。いったい園ってどこなのよ。

ジン　「悦楽の園」……。見てよ、この有様なんだから、ここなのか、どこかほかの……区別なんてつかない。どっちにしろ滅んでしまった……。

青のジン　ここだよ。船、夢を積んだ船がある。

ジン　そう、終わりの日に、ジンはひとつになる。始まりだわ。船、たゆたえども沈まず。

白のジン　……ピエロは居る……。

朱のジン　罠よ。ためされてるのよ。何故か選ばれてしまったあたしたち、どうしろっていうの。ガラクタじゃないか。こんな所でなにをしろって言うの。（鞭を振る）

白のジン　世界の時間がモノの形になった、そのカケラ。でも本物じゃない。模倣して造ったもの……、園を飾っていた、ここにしかないものだわ……。

青のジン　ニセの悦楽か。船はこのままでいいけどさ、なんとかしなくちゃ。いったい、なにをしていたんだい。

朱のジン　純粋の水とやらをただぼんやり待っていた。思っただけでいたたまれない気分よ。

ジン　いいえ、仕事を一所懸命、していた。

朱のジン　仕事？　どんな。

ジン　この小さな地球に、まず南北を決めて、そこに石の柱を据える。手はじめよ。

朱のジン　南北ですって。あの東西南北の。決まってるじゃないの。（鞭で）あそこが南、反対が北。南に海がある。北には森がひっそり。そうだわ、南には石の門があって、広場に向かっていた。

広場の中央に台座がある。そうよ、ここに広場をつくる。これだわ、仕事よ。

青のジン　そうだ、南の門はライオンの門だ。

ジン　レンゲ唐草模様の石の鉢、北の門。

白のジン　渦巻き模様の、石の壁を門の外側に並べる……。海のしるし。

朱のジン　嫌で好きなしるしね。

ジン　広場と外とのしきり、城壁よ。

朱のジン　これでやっと目的ができたわ。じっとしてられないのよ、あたし。

四人のジン、作業を始める。
やがて完成したのは、どこか古代の祭祀場を思わせる。
南北に据えられた石柱の門は低いがどっしりとして、下方は石をぐるりとめぐらせ、門柱に安定感を与えている。門の間口は幅広くとられ、門の内側に沿って壺類が数カ所に並ぶ。
広場の中央には四角い石を積み重ねた台座がある。
四人のジン、広場を眺め、歩く。

ジン　あたしたちが造った、あたしたちの広場。ひとりのジンでは、こうはいかなかったわ。

白のジン　……広場……。人の気配のする……、広場には水があるわ……。

ジン　噴水。それは無理ね。

青のジン　汗かいた。みんなで汗流して造った、そいつが一番いい。すごい、ライオンの門、生きてるじゃないか。
ジン　あなた、どう？
朱のジン　一つだけ足りないものがある。広場の中央、あの台座には立像が置かれてなくちゃ、本当の広場と言えない。
ジン　あなたのアポロン、でしょ。
朱のジン　ないものねだりよ。アポロンとまでは言わないけど、物足りない。際立った中心がないのよ。
青のジン　海へ行こう。浜辺になんか打ち上げられてるよ。
朱のジン　流木だわ。奇妙な彫刻。なにもないよりましだわ。
青のジン　探険だよ、好きなんだろ。
朱のジン　そりゃもう、決まってるじゃない。
ジン　海はもうない。消えてしまった……。
朱のジン　なんて馬鹿な。海よ、大海原よ、知ってるでしょ。海が消えた？　いつのことよ。
ジン　何度も海辺だったところへ出かけたわ。見渡す限りひからびた鉛色の地肌が深いシワを刻んで、まるで波の名残りのように固く続いている。ところどころに白く光る石英……塩の結晶。行ってその目で見てくるといい。
朱のジン　いったい何が起こったの？　海が蒸発した？　それとも地底深く沈んでしまった？
ジン　物凄い、恐ろしい熱の力が疾風のごとく、すべてをなめ尽くして、走った……。そうとしか思えない……。海だけじゃない。港も船も、建物という建物、人もない。あたしが居るだけ……。

朱のジン　まるで奇蹟だわ。でも不幸な、と言うのかしら、すくなくとも幸福とはとても……。

青のジン　よし、行こう、僕一人でも。海に踏ん張って立つ。押し寄せる波。しぶきを浴びる僕は燈台だ。

朱のジン　地上の水がある。この目と触感と耳でみる。ゆれ動く生きた水だわ。青いたて髪をなびかせ、走る青い馬の群れ、波、海よ。白のジン、あなた救われたわ。あなたをおどす海がなくなったんですって。

白のジン　いたましい海……（貝ボタンを手のひらにのせ）拾ったの……貝ボタン……貝殻……海から生まれたものは、海へ返してあげましょう。連れて行ってください。

朱のジン　出発。船出よ、銅羅が鳴る。（鞭を鳴らす）

青のジン　夢を拾ってくるわ。

ジン　気をつけるのよ。あそこには方角がない。空の太陽だけ。帰りは、ベッドの船の帆柱、ライオンの門が目じるしよ。……どんな夢を拾うのかしら……。

三人のジン、南の門から出て行く。
ジン、床に捨てられた白のジンの日記を目にし、手にとる。ベッドに腰掛けて、ページをめくる。読む。

ジン　「はり裂けそうな心臓、這うようにしてやっとたどりついたベッド。あのカメの中の光景、焼きついて離れない。眠りたい、ただ眠りたい、霧のドア、ゼロの白、眠りを。深くおだやかな眠りをください。夢はいや。目醒めない眠りを。白い薬、二十粒のむ。もう夜明け近い。ジン、しっかりするのよ。」

ジン、日記のページを丁寧にめくる。

ジン　あとは空白……、なにもないってこと。誕生日のあの仮装舞踏会の夜が、白のジンのまるで人生の最後のページ……。

日記をベッドに置く。

ジン　……あたしは眠り続けた……。小鳥の声、カラスの羽搏きにぼんやり目覚めた……。一本の細い、枯れたツル草、ゆれる振り子……。生きているあたし……冷たいものが頬を伝う……。ひどい頭痛……モヤのかかった頭……、ガラスのナイフがこじ開けた目。呂律のまわらない言葉が散らばる。不思議な季節です。食べる人。食べるために食べている。一面の真っ赤なツツジ、花のしげみに立って。菓子パン、アンパン、ただのパン……。白い紙袋ひとつ、燃えるツツジ、花のしげみに。置き去られた記憶……。

ほんの少しの劇薬は薬。明日へ向かう人生の鉛の杖……。病の害を除くために別の害を与えてしまうのも薬。鉛の杖はだんだん重くなってゆく。薬の終身懲役……収容所……素晴らしきかな悦楽の園……カルネアデスの列、列、ベッドの船、並ぶ……。

白のジンの声　ねぇ、ジン。カルネアデスの板って、どう言うことなの？　ずっと気になってたの。

ジン　白のジン。カルネアデスの板って言うのはね、古代ギリシャの偉い人の考えた譬《たとえ》話なの。船が難破して、荒れ狂う海に浮かぶ小さな板っ切れにしがみついた人たち。もがきあがき押しあい奪いあい、知らずに相手を荒れ狂う海へ突き落としたとしても罪にならない。何故って、絶体絶命、命の瀬戸際。緊急一大事には人は夢我夢中なんだわ。ゆとりなんかない。怖い話ね……見知らぬだれかの死によって一人の生が叶えられる。人は何かの力によって繋がってるんだわ、美しく無情の鎖、断ち切る冷酷な斧……人生だわ。あたしたち、カルネアデスの板に乗っかって人生の海を漂流してるんだわ、ジン。

白のジンの声　美しく怖いことね。悪意も善意も消し飛んでしまう世界を生きてるのね、結局は……。

ジン、床に落ちてる小石の破片を拾い。

ジン　頭蓋骨のカケラ……ロボトミー……しくじった手術の果て、もうなにもない、失うもの、出会うもの。ヒトガタにくぼんだベッド……灰色のツンドラ。

白のジンの声　つましい食事をのせたトレー……ギッコ、ギッコ、ギッコン、うやうやしく捧げ持ったロボット「オハヨ、ゴザイマス、ネ」お辞儀する。だれも居ない。螢光灯が明るい……廊下。

ジン　白のジン、聞いてるわ。

白のジンの声　コンクリートの床……うす汚ない茶色のシミに染まったマットレス……怖い。昏睡の奈落……電気ショック。……極北、黒、黒の地平線……日時計もささない……奈落。その日の、記憶は消され……怖い。

ジン　桜並木の下を、仮面が並んで歩いていく。飼い馴らされた人。一所懸命、タド、タド、タド、文明の行進。

白のジンの声　倒れし者、倒れんとする者。泣いている、涙のない涙の声。真昼の星のマタタキ。

ジン　静かだわ……ほんの少しゆれる、みどりの木。

白のジンの声　……ゆれる。一本の細い、枯れたツル草……渦巻く底知れない黒の死の海……。何者……ピエロ。……ホルン、神経の咆吼、痙攣……消えないわ……。

ジン　そう狂気も悪徳も美徳も魂の華だなんて、度を超すとすべて毒薬。死を呼ぶ……。

白のジンの声　あたしたちって、なにかしら……？　ないの、ほかに話すこと、なにもないの……。まがまがしい連禱だわ。

ジン　見てるの、流れる雲。生涯に二度と同じ雲の流れを見ない。……不思議ねえ、小さな目で大きな流れが見えるなんて。

白のジンの声　漂う氷山に立ってるみたい。底の深い大きな氷の船。あたしたちだけじゃない、みんな立ってるのよ。人は生まれも病気も選べない……最後はみんな待つ人。……秋になった。

ジン　冬がきて、春ね。やっていけるわ。日は昇り日は沈む。やっていけるわよ、ジン。

白のジンの声　ありがとう、ジン。たぶん、やっていける。

空中に雑音が響く。

はっとするジン。

空中からアナウンスの声。甲高く明瞭に聞こえる。

ジン、空中を見上げる。

声・男1　悦楽の園に告ぐ……。民よ、今宵、世紀最後の仮装舞踏会を開催する。全員、出席せよ。義務である。昂揚の極み、死者が出ようと続ける……悦楽の死をおそれるな、よろこべ。生贄のない祭りは堕落した行事に過ぎない……嗤うべし、その偽善を。月齢一四・八、満月の夜だ。よろこべ。

声・女1　悦楽の園、病院長通達第百五十八号。みなさん、仮装舞踏会の場所をお知らせします。バビロン神殿、パルテノン広場、鏡の大広間、地下都市カタコンベの迷路、空中庭園です。お好きな所へお出かけください。

声・女2　注意。扮装の衣裳、装飾品、化粧品は東西南北の館《やかた》の外に設置したバザールに用意してあります。あらゆる時代の人物に扮装できます、もちろん無料で貸します。食べ物、飲み物、酒、興奮剤も十分に用意してあります。満月の夜です。みなさん、思い切りお楽しみください。

ジン　なぜ聞こえるの。どうしてあたしを追いかけるの？　もうたくさん。……あの男の声……あれよ、あの男だ。なんのたくらみなの。やめて、やめて、やめろ。

彼女は空に向かって叫ぶ。
短い間。

声・男2　お前はだれだ。
ジン　あたし、白のジン……。二度生きた、あたしは白のジンを……。どこなの？　ここは……。
声・男2　ジン、深く息を吐く、吸う……三度くり返す。

彼女はそれをする。あたりをゆっくり見まわす。

ジン　……あたしの部屋だわ……。あの男の声、どうしてまた聞こえるの？　どうしてなの？
声・男2　あれはこの島の空中高く飛び回っている小さな金属の箱から出ている音だ。もう分かっているだろう、ジン。あの音の持ち主がだれなのか。

彼女は空を仰ぐ。

ジン　ええ……分かったわ、今はっきりと。でもどうして、あの音の箱が残ってるの？　空中を飛び回って。

声・男2　音の箱はいつか必ず燃え尽きる。あれはヤツの最後の発明なんだ、姿のない声が、威嚇し混乱させ支配し続ける欲望の仕掛けなのだ。もう一つ仕掛けがある。時間が逆巻《ぎやくま》きになってい ることだ。いいか、この島の始まりの日が終わりになっている。このことを忘れるな。安心するのだ、ジン。

ジン　そうだったの……。よく分かったわ。あたしの今、この先のあたしと、あの音の時間は無関係なのね。……もう聞こえない。でも燃えつきるまで、ぐるぐる回っている……きっとまた音がする。でも大丈夫よ。あたしは、すべてを知ったのだから。ひどく疲れたわ……。

声・男2　ジン、ベッドに横になるのだ。

彼女はベッドに横たわる。
光がベッドに横たわる彼女をやわらかに照らす。
あたりがゆっくりとうす暗くなる……。やがて。
薄闇に、もの静かな低いホルンが響く。ピエロが現れる、南の門から。低くやさしくホルンを吹き、地球儀の球を足で転がして。
ジン、はっとする。ベッドに上半身を起こす。

ジン　……よして、よして、よして、ちょうだい。音……その……。行って、向こうへ、行って……。

ピエロ　遊んでるだけなんだよ。地球を転がして。これ（地球儀）だって独りぼっちなんだからね。……これが一番なんだよ、独り遊びに。広場なんだからかまわないだろ。
ジン　……地球……。
ピエロ　そうだよ。ちっぽけなノアの方舟だよ、地球なんだ。昔はもっと色つやが良くて、張りがある立派なヤツだったけどね。少し年とったけど、どうしてまだまだ隠れた力ってものがあるのさ。暴れることだってあるんだよ。
ジン　……もう、驚かさないで……お願い。……方舟……ノアの……。
ピエロ　持ってみるかい。（地球儀を手に）……このへんにお前さんが居るよ。
ジン　……方舟に……あたしが……。
ピエロ　言ってるじゃないか。だから、地球の上だよ。
ジン　……方舟が……地球……。
ピエロ　同じなんだよ、地球も方舟も。いいかい。鳥も馬も、ヒトも蛇も、ライオンも象も、猫もネズミも、生きものの死骸がこの（地球儀）中にぎっしりうまってるんだ、生も死も。重くて軽い。（地球儀を床に置く）ほら、ちょっとハズミをつけてやると転がる。やってみるかい。
ジン　……（激しく首を振る）。
ピエロ　怖がることはないよ。お前さんが転がり落ちてしまうわけじゃないんだからね。外側に居るんだよ、お前さんが埋まったわけじゃない。分かるかい？　見ててごらん。

ピエロ、床に落ちている石の破片を拾い、地球儀の数カ所に捻じ込んでゆっくりと開ける。地球儀はほぼ半ば口を開いた。彼は地球儀の中に手を入れ、動物を形取ったパンを取り出す。

ピエロ　（パンを手にして）動物だよ。これは馬だね。小麦の粉に塩と蜜と水をまぜて、こねて、太陽の光が焼いた食べ物だよ。

ジン　……パンなのね。ノアの方舟の動物……。

ピエロ　そうだよ。地球の腹の中で育ったヤツだ。（別のパンを）ニワトリ……、ヒツジ、象もいる。みんなツガイなんだな、ほら雄ウシ、雌ウシだよ。並べて見よう。……ここ（台座）がいいね。見通しがきく……。

ピエロ、地球儀からパンの動物を取り出して台座に並べる。

ピエロ　馬鹿にしちゃいけない。元の形よりずっと小さい。それにちょっと、不細工だね。だからって粗末にしちゃいけない。分かるだろ、見た目なんか信用できないからね。ウサギだ。おや、耳が少し欠けてる……怪我をしたんだ……なにしろ狭っ苦しいからね、地球もギリギリなんだ。これ（ウサギ）はそっと守ってやらなきゃあ……真ん中に座らせよう。……どうだい、動物園のケシキ。

ジン　……静かな動物園ね……象もライオンも、病気のウサギも一緒に居るのね。……どうするの？

ピエロ　見てるだけじゃつまらないだろ。いいんだよ、食べて。あげるよ。
ジン　あたしに……。
ピエロ　うん。人が食べる食べ物だからね。いいんだよ、地球の腹から生まれた自然なヤツなんだから、食べて悪いわけがないよ。

ピエロ、地球儀を閉じる。転がす。足で。

ピエロ　転がる。回る。時は回る。（地球儀を拾いあげて）あげるよ。お前さんへの贈り物だよ。

ピエロ、ベッドに地球儀を放る。

ジン　あなた……だれなの……。だれに仕えているの……。
ピエロ　独りだよ。ずうっとピエロなんだ。風なんだよ。流れてるだけさ。時間の靴を履いてね。
ジン　あなたを、知らない……。時間の靴……素足……。透明なの……。あなたは、わたしを知ってるの……。
ピエロ　たいしたことじゃないよ。気分だろうね、知ってるなんて。靴かい。履き替えがきかない靴なんだよ。じっとして居たからって、減らないわけじゃない、ちょっとずつ減っていくんだね、これは。

ジン　……もし、人に終わることのない生が与えられたら……、際限もなく回る歯車……。なにもない今だけが続く……のっぺらぼう……。

ピエロ　生きものの分限を超えろってことかい。生のなかから死だけをどかしてしまう。何が残る？死じゃないか。かなわないよ、なんでもやってしまう。……遅すぎたかもしれないね。

ジン　あなたは、いったい、なにを見たの……。

ピエロ　お前さん、をね。

ジン　あたしを……、見た。怖いことを言うわ……、どんな……。

ピエロ　ケシキだよ。

ジン　ケシキ？　……あたしが。ただの……。

ピエロ　そうだよ。動き回るケシキ。動かないケシキ。みんな生きてる、しゃべってる。

ジン　……ゆれる一本の、枯れたツル草……怖いわ……。

ピエロ　ゆれる振り子は止まる。せつない。怖い。自分であり自分ではないもの、意味も無意味もぜんぶひっくるめた、おしまいの挨拶。むごい、おだやか、どっちにしろ、おかまいなしにやってくる。こうでありたい、ああではありたくない、思惑。人は矛盾を生きる。そうしかできない。……どうだね、はじめて出くわしたケシキ。

ジン　ケシキねえ……。流れ去るケシキねえ……。

ピエロ　さすらいさ迷う。人はちょいと立ち止まって、アレコレ挨拶を交わしあい、ドタバタ走り回る。地球は黙って太陽の周りを回る。時は回る。ナニゴトノ不思議ナケレド。

細くやさしくホルンを吹き、北の門から薄闇の中へ、ピエロ去る。

ジン　……ピエロ……ピエロ……夢、夢よ……まぼろし……。

ベッドの地球儀に視線が……。

ジン　地球儀……ピエロが来た……どこから……。どこへ……。何者……。時間の靴……流れゆく風……時は回る。ナニゴトノ不思議ナケレド……。時……。(呼ぶ)白のジン。白のジン……(耳をそばだてる)。朱《あか》のジン……、青のジン……(間)。逝ってしまった昔のあたし……。束の間おとずれたうたかたの悦楽の時よ、去るがいい。……もう還っては来ない。始まりのかたち、水……海へとどまれ。……海?

ベッドに転がっている地球儀をそっと手にする。見つめる。

ジン　水色のうす汚れた……固く動かない海……。いいえ、あたしの海がある。

地球儀を抱き、ベッドを降りる。

ジン　海がある。千年、二千年の時をかけて地球をめぐる水の道、天の水の隠された姿……、深い海の流れがある。何時《いつ》かおとずれる終わりの時、青、朱《あか》、白のジン……あたしたちはひとつになる。ゆるやかに結ばれ、かたちなく始まりの姿、水……深く深くおりる。未知の航海が始まる……。なにもなくただ静かの溶けた世界。夜の海……。（間）真昼の海がある。海……素晴らしい凪。オリーヴの油をたっぷりと塗った全裸の処女のように、ゆるやかにうねる曲線、含羞《はじらい》をふくんで。彼女は無心だ。裸身の処女の肌を愛撫する船。ゆれる、崩れる、しのび笑う海。いざなわれてどこへ向かうのだろう、船は……。（地球儀に）始まりもなく終わりもない……円。……時間。その腹の中ですこやかに眠っている生きものたち……おびただしいむくろと一緒に。お前は謎、永遠の問い。なにものも拒まないお前には、沈黙が似合う。

地球儀を床に捨てる。
虚空に向かって、彼女はしゃべる。しゃべり続ける……、静かに錯乱して。

ジン　言葉はどこへとどく？　だれが聞いてくれる？　虚空の穴へ吸い込まれてしまうだけなの。わたしはジン、ただひとり今、ここに居る。わたしは叫ぶ、吐く。ほかのだれでもないわたしはジン。……だれも居ない広場……。あの乾き切ったひびわれた海の地肌、いえ、言葉の化石ジンが立っている。昔、青銅のアポロンの立像をこよなくめでた女、ジン。風に千切れ、飛び散る言葉。

かさかさにひからび、剝がれ落ちてしまった、それはわたしの皮膚。暗黒、一点の穴、わたしの目はもうなにも見ない。流れきざみ続ける時よ。明日はおとずれるだろう。陽の光は満ちみちて、なんという華麗、淫らな輝く無よ。やさしくほほ笑みかける美しい悪意。

床に転がっている地球儀を手に取る。地球儀を放りあげる……幾度か。

ジン　光よ、億万の熱の矢となり刺し射抜くがいい、ジンを。粉ごなに。……襤褸、らんる、らんる、らんる……広がる、広がる、ひろがり、天空の果てへ。遂には日月星雲《じつげつせいうん》のすべてを囲み、封じ込め、呑みこむ真珠色《いろ》の光、氷の焰、巨大な大陰唇、ムッターームント、母なるくちびる。ムント、ムント、ムント、くちびる、モンド、モンド、モンド、世界……天空の遺留品……、ロゼッタ・ストーン、トゥームストーン、墓石《はかいし》……母なる唇ムッターームント、巨大な柩、氷の焰のひつぎ……ムッター……ムッター……無……（叫ぶ）ファター、ファター、ファター、燃エル樫ノ木……一天文単位……ハジケル、緑青ノナミダ……赤錆、折レタ文字……モジ……ケイレン……音……黒イ穴ムント……白熱ノ沸点……結晶……イッヒ、イッヒ、イッヒ……聖刻文字《ヒエログリフ》……血ノ氷点……。血ノ形見……灰ニナッタ書物……モンド……。

彼女の手から地球儀はすでに落ち、足元に転がっている。立ちつくすジン。

……やがて、空中を飛ぶ金属の小箱から、雑音……。船の汽笛の音……。

明瞭なアナウンスの声。

声・女1　みなさん、ようこそ悦楽の園へ。新しい時が始まります。歓迎の音楽隊がご案内いたします。

鼓笛隊の鳴り物の音……。大勢の人々の不揃いな靴音の通過音が続き……テープは消える。

……ややあって、静かに樹々のゆれあう音……。ふと一瞬、空を見上げるジン。

樹々の音はやがて、壺の中にゆるやかに落ちる天の水滴の響きになる。

青く輝く光の筋となって落下する、天の水に地球儀、台座に坐る動物のパン、徐々に青い光を受けて、鮮やかに映える。

ジン、天の水の光に包まれる。

ジン　……ワ、タ、シ……ワ、タ、シ……ワ、タ、シ……ワ、タ、シ、ハ……ヒ、ト。……ジン。

身じろぎもせず立つ、ジン。

天の水滴、さらに数を増して輝き、壺にしたたる。光の音は静かにやわらかに響きわたる……。

註　タゴール、カモンイス、北原白秋の詩を引用。

鳩

ラジオ・ドラマ

■登場人物

盲目の老夫
老妻
受付の女
看護婦1
看護婦2
病人
昭一の声
桜の声（男性）

音楽　湯浅譲二

ある病院。玄関近くの受付。
往き来する足音。ざわめき。

受付の女　（電話の応対をしている）内科ですね。今、調べますから……ええと。（ノートを繰る）……もしもし、その人でしたら昨日退院しました……ええ、そうですよ、昨日。……いいえ、どういたしまして。（受話器を置く。ノートを閉じる）

老妻　あのう……ちょっと、おたずねします。……すみません、お忙しいところ……。青山先生、先生はどちらでしょうか。

受付の女　青山先生？　何科ですか。

老妻　はあ……？　はい、青山先生です……。

受付の女　ですから何科ですか。

老妻　はあ……、心臓がいけないんです、うちのおじいさん。それで青山先生が、入院するように、そのように、ええ、今日なんでございますよ、で……。

受付の女　内科って言ってください。はっきりと。外科にもいるんですから、そこを、右に曲がって、左側が内科外来ですよ。

老妻　あのう、それが、外来は今日お休みなのだそうでございます……。

受付の女　十一時までやってますよ。

老妻　ええ、でも、青山先生は、今日は外来がお休みなのだそうでございます……それで、こちらに伺ったらと思いまして……。

受付の女　じゃ病棟でしょう。

電話のベル鳴る。受付の女、受話器をとる。

受付の女　はい、はいそうです。外来受付？　当病院では十一時までです、ええ、そうです、そうですよ。……道順？　どこからですか……ええ……そのバスです。それでいいんですよ……バス停が病院入口になってますから。だから、それでいいんですよ。……ええ、どういたしまして。（受話器を置く。老妻に）……どうかしたんですか？

老妻　あのう……青山先生……。

受付の女　ですからね、西病棟なんです、先生は。そこの廊下まっすぐ行って、二つ目を左へ曲がってください、そこですよ。

老妻　は、はい……西、病棟、でございますか……。どうも、ありがとうございます。

電話のベル鳴る。

老妻、老夫が腰掛けて待っている所へ近づく。

老妻　おじいさん、分かりましたよ。西の病棟なんですって……ずっと奥の方らしいの。いいですね。

老夫　……大丈夫？

老妻　すまないね、お前。よほど遠いのかな……。

老夫　いいえ、じきですよ、廊下をまっすぐって言ってましたから……。そのボストンバッグはあたしが持ちますからね。

老妻　これは、重いよ。

老夫　大丈夫ですよ。おじいさんは、風呂敷包みを持ってくださいね。鳥かごなんですよ。

老妻　うん。……例の鳥カゴだね。お前、ちょっと風呂敷きをのぞいて見てやってくれないか。……どんな工合かね？

老夫　（風呂敷包みの隙間から鳥カゴをのぞく）みんな、おとなしく眠ってますよ。ハヤブサ、アラワシ……ハヤテ……あなた。

老妻　みんなおとなしくしているんだね。わたしもそうだろうと思っていた。……目が見えないと、いろいろあれなもんでね、よけいなことを思ってしまう……。じゃ、行こうか、ばあさん。

老夫　杖、おじいさん、杖を忘れましたよ。……おかしいのね、あたしたち……手をつなぐと、いつも杖を忘れますね。

老夫妻、長い廊下を歩いて行く。
次第に現実のざわめきが遠のき、コンクリートのトンネルの中のように、遠くの物音が反響して聞こえてくる。非現実の様相を帯びて。車椅子の軋む音。たとたどしい松葉杖の音。

看護婦2の声　（遠くで。松葉杖の患者に声をかけて通り過ぎる）……いち、にい……いち、にい……だめだめ、がんばって、それじゃいつまで経っても歩けないわよ……歩けないわよ……。

老夫　……ばあさん、ばあさん、あれをやってるのはどんな人なんだね……？

老妻　……ここからは、見えないわ……。どっか遠くの方……ですね。

老夫　だれもいないのかい、廊下を歩いているのは……。

老妻　ええ……。

老夫　……窓の外はどんなかい……。なにか、見えるかね？

老妻　コンクリートの……病室のようですね……向こうの窓はみんな白いカーテンがおりて、病室ですよやはり……二階建ての。広いんですね……。あなた、疲れましたでしょ、少し休みましょうか？

老夫　いいや、今日は工合がとてもいいようなんだよ……息切れだってしないし……どうなんだろう、入院などは少し大げさなんじゃないのかね。それに……わたしがあれなものだから、身の回りのことやなんかいろいろなにするしね……。本当にどうなんだろうね……。

二人は立ち止まる。荷物を置く。

老妻　おじいさん。なにを言うんです、あたしがいますよ。ですからね、先生にようっくお話して、みましょう。あたしはそうしようと思って……だからこうして、あたしたちのハヤブサ、ハヤテ、アラワシ、みんな連れて来たんじゃないの。あたしにきがねなんかおかしいですよ、おじいさん。

老夫　うん……ともかくお話してみよう。わたしはね、実はこんなふうに思っていたんだ……いいかい、空想だがね。わたしが入院したら、お前さんのごひいきのハヤブサが、ハヤブサがだね、家にいるお前さんからの手紙を届けてくれるんじゃないかな……わたしの病室の窓のところへ本当にアイツが飛んで来る……、伝書鳩だからね。ハヤブサは悧口なんだからね。

老妻　ええ……ハヤブサは悧口でしたものね……。伝書鳩のハヤブサは……だけど、あれは、あなた……。

老夫　ばあさん、それはよそう……。わたしらのハヤブサは、今、鳥カゴの中で眠っているんだよ……。

老妻　そうですね、眠っていますね。

看護婦1の声　(遠くから、こだまのように)。プルス(脈搏)百二十……百二十……百二十……微弱、微弱……。

老妻　あなた……なにか、聞こえますね……。

老夫　ああ……どこからだ……？

老妻　いいえ……、あなた。

看護婦2の声　(遠くから。こだまのように。早口で、機械的に読み暗誦する言葉)コレラ、赤痢、腸チフス、パラチフス、痘瘡、発疹チフス、猩紅熱、ジフテリア、流行性脊髄膜炎、ペスト、日本脳炎、の十一種であり……十一種。法定伝染病、法定伝染病……。これらの患者を診断し、もしくはその死体を検案した医師は……医師か。ただちに患者もしくは死体の所在地の市町村長を経由して管轄保健所に届け出なければならない。（平凡社「世界大百科事典」）

老夫　……暗記しているんだね、あれは……。どこかに、看護婦さんの学校があるんだね……。

看護婦1の声　（「婦人従軍歌」を低く唄う声）

火筒《ほづつ》の響き遠ざかる
跡には虫も声たてず
吹きたつ風はなまぐさく
くれない染めし草の色

老妻　あれは……従軍看護婦の歌じゃありませんの……？　今どきあれを聞くなど……。おじいさん、しかも、若い人がうたってる。

老夫　ここはね、昔陸軍病院だったんだ……しかし、すっかり様子が変わったんだろうな。あの戦さで焼けたのだから……。

老妻　陸軍病院……でしたの。焼けたのですか……空襲で？

老夫　ああ、空襲で……。

老妻　空襲……。この言葉はずいぶん気をつけてよけていたのに……それが、こんなところでひょっこり……。おじいさん、あたしは心のどこかで思っていたのですよ、あなたの入院はこれが二度目だって。あの空襲の焔で、あなたの目がやられて、それ以来あなたはもうなにも見ることができない……。いいえ、二つの目を焼いて、そのうえあの子までが燃える鳩小屋の焔に……、あの子は鳩を助けようとして……あなた……。

老夫　つらかったのはお前だろうね、なにもかも見なければならなかった……、わたしは見なくてすんだのだから。しかし、立ち直れたじゃないか。わたしらは今じゃ鳩を憎まない。こうして鳩を飼っているんだよ。あの子が愛した伝書鳩……。わたしはね、近頃、夜中にふと目が覚めると、鳩の羽搏きが聞こえるんだ……どこか遠くの鳩小屋。白い雲の網で囲われた空中の鳩小屋かも知れない……、居るのだよ、そこに……本当のハヤブサが。

老妻　その鳩の世話をしているのは、あの子じゃないの……？

老夫　だれだろうね……。

老妻　そうよ。おじいさん、あの子ですよ。

向こうから足音が近づいて来る。二人の前で止まる。

看護婦1　ちょっと。

老妻　はあ……？

看護婦1　その風呂敷包み、なんですか？

老夫　これでしょうか……？

看護婦1　鳥カゴじゃないんですか？

老夫　はい。そうですが。
看護婦1　困りますね。院内に鳥を持ち込むのは禁じられているんです。鳥の病気は人間に感染しますからね。なんの鳥ですか？
老夫　なんの……？　いいえ、鳥ではありません、これは……。
看護婦1　鳥じゃない？　だってそれ鳥カゴでしょ、おかしいですね。開けて見せてください。
老妻　本当に鳥じゃないんです……。
看護婦1　いいですから、とにかく見せてください。
老妻　（風呂敷をほどく）本当なんです……これは……あたしたちの……。
看護婦1　まあ、折鶴！　白に赤、緑。ずいぶん大きな折鶴ね。いいでしょう、ま、紙の鳥なら。違反ではないようだけど、とにかく変わった趣味だこと。で、あなたがたは？
老妻　あのう……西病棟なんですが……。
看護婦1　入院ですか？　西病棟は内科ですよ、あなたがた眼科じゃないんですか？
老夫　いいえ。内科の青山先生です。西病棟においでだとうかがいました。
看護婦1　あたくし、内科ですけど。青山先生……？　知りませんね、西病棟にはおりませんよ、そういう先生は。間違いじゃないんですか？　よくあるんです、そういうことが……。本当に内科なんですか、あなたがた。とにかく、ここは病院なんですから、あまりうろつかないでください。

看護婦1、去っていく。

老夫　……なにを考えているのだね……。
老妻　あんなふうに言われると、あなた……、本当に青山先生だったかどうか、あたし、心細くなってしまう……。それに、ハトのことだって……。
老夫　それは規則なのだから、たしかめてみるのは道理なんだよ。悪く思ってはいけないね。今、何時かい？
老妻　……十時、二十、五分ですよ……、お約束は十時でしたね。あなた、もう一度、外来へ行ってみましょうか……。そこでお会いするはずでしたもの。ねえ……？
老夫　ともかく……その西病棟へ行ってみよう。さっきの看護婦さんがたまたま青山先生をご存知ないのかも知れない。ボストンは、わたしが持とう。
老妻　いいえ、あなたは病気なんですよ。
老夫　お前さんだって、肩や腕がいたむじゃないか。
老妻　歳なんですよ、これは。
老夫　わたしのだって歳なんだよ。
老妻　あなたは変わりませんね、その強情なところが、若いまんま……。あたしのは、陽気が近頃のようにあたたかくなると、もうすっかり春ですものね、ちっともいたまない……。まだまだ、これぐらいは持てますよ。じきそこを、曲がるんです……。

二人、歩き出す。廊下を曲がる。
風が吹き渡る音。

老妻　あなた気をつけて、階段が三段……、降りますよ（段を降りる二人の足音）。渡り廊下みたいなところですよ、ここは……。
老夫　風だね……吹き抜けている……。
老妻　ええ……右側が中庭になってますね……おじいさん！　桜、桜の花が……。
老夫　咲いているのだね。
老妻　ええ、一抱えもありそうな、立派な木だわ。
老夫　焼けなかったのだね……。
老妻　ベンチがありますよ……桜の木のそばに。青いベンチが……。
老夫　ばあさん、そこで少し休んでゆこうか。そういうみごとな花は……やはり腰をおろして、眺めた方がいいね。
老妻　ええ……。
老夫　なに、わたしにだって、その感じは分かる。桜は匂いがないように思うだろうけどね、お前さん、あの花にだって匂いがあるんだよ。
老妻　桜が、匂いますの？
老夫　ああ、それはね……わたしの記憶のずうっと奥に、かすかに眠っていた匂いに似ている……。

母親の、わたしのかあさんの白い胸の匂い……あのお乳の匂いなんだ……。それもごくかすかな、本当にかすかな匂いだった。雨上がりの花の下で、わたしはその時、ぼんやりと、これはずっと昔知っていたあの匂いなのだな……そう思った。なつかしかった……。いや、いつまで経っても子供なんだな。

老妻　……そうですね、人は子供から、子供の親になって、また子供になる……。思えば、心おぼつかなく歩いているのですよ、人はみんな……。おじいさん、ベンチですよ。

二人はベンチに腰掛ける。

老妻　今がちょうど見ごろですよ。お花の下は静かなんですねえ……明るくなごんで。なにかに照らされているみたいですね、あたしたち……。

老夫　うん……花は空の光を吸い、光を抱いてたゆたっているんだよ。その花のひかりの音が聞こえる……。

老妻　散りましたよ、おじいさん。

かすかに、鼓の音。やがて謡う声。

桜の声　五蘊《ごうん》元よりこれ皆空《くう》、なにに縁《よ》って平生この躬《み》を愛せん、軀を守る幽魂は夜月に飛び、屍を失ふ愚魄は秋風に嘯《うそむ》く、あら心凄《すご》の折からやな、（謡曲「生田敦盛」）
老夫　おい……。
老妻　どうしたんですか、おじいさん。急に立ち上がったりして。
老夫　聞こえないか、あれが……。
老妻　なにがですの？
老夫　梢の奥から……花の声がした……。
老妻　いいえ……風、風が枝を揺すって……。おじいさん！
老夫　（呆然として）あの焔で死んだのは、あの子だけではない……ここでも人が、息子たちが火にまかれて大勢死んだ……。そういう、人の声だった、あれは……。
老妻　おじいさん……。
老夫　花の一房、一房が焔のようにゆらめき……。わたしには見えた、おびただしい人の顔が……。翼のあるものさへ、あの子の鳩のように焔に焼かれた……、まして翼のない人間は、逃《のが》れるすべもなく火の海に溺れ、焔の波に呑まれた……。水色の空を、なにほどかこがれたことだろう……。ばあさん、散っているのだね、花が……。黒い土の上に、ひんやりした土の上に、そうなんだね……。
老妻　おじいさん、花を拾いましょうか。
老夫　そのままにしておやり。散るものは、還って行くのだから。
老妻　ええ、還ってゆく……広い地面へ。いつかは、みんなそこへ行くのですね……あとさきの違いはあっても……。

老夫 だからね、お前さんとこうして花の下に並んで座っているひと時だって、かけがえのないものかも知れないんだよ。

老妻 そんな、おじいさん……さみしいことを言わないでください……。

老夫 なにもお前、涙ぐむことなんか……。ただね、わたしらは失くしたものもあったが、それこそ手をつないで歩いて来た……。歩いて来たんだよ、お前。小さな道だった……しかし、お前さんという道連れがいた。おおいに心たのしい道連れがね。

老妻 どうでしょうかねえ、せわしなく囀る大きな荷物だったんじゃないの。

老夫 日がな一日、わたしの目のかわりをつとめる母鳥だね。

老妻 まあ、母鳥ですの。それではね、その母鳥が囀りますよ……今こちらの方へ、看護婦さんが車を押して……車椅子には男の人が……黒い眼鏡をかけた……あの方も目が不自由なのね……。あら、ご本を膝にのせて……ああ、看護婦さんが読んであげるのね、あれは……。

車椅子の近づく音。

老妻 もしかしたら……おじいさん、このベンチに来るのじゃないかしら……。

老夫 その人の場所かも知れないね……。だれにだって特別気に入った場所があるものだからね、それだったら、お前、悪いじゃないか……。

看護婦2　（立ち上がろうとする老夫妻へ）いいんですのよ、座ってて。あたしたち、散歩なんですから。
病人　こんにちわ。
老妻　こんにちわ……。
病人　すばらしい花でしょう。僕、毎日ここへ来ます。桜の木が一本、あとは何もない……。しずかだ。
老妻　ええ。とてもしずかですね……。
看護婦2　退院なさるんですか？
老妻　いいえ……入院なのです、うちのおじいさん。
看護婦2　ああ、それで一度もお目にかからなかった……。
病人　今におじいさんもきっとここが好きになりますよ。〈廃墟の沼〉、僕がつけた名前です。そんな感じでしょ？
老夫　廃墟の沼……？　ここが。
病人　昔、大きな池があったそうです、ここに。僕が生まれるずっと以前らしい……。ハスの花が咲くその池が、一晩でからからに干上がったそうです。つまり、火の海に、池が呑みこまれた……。一本の桜がまるで墓標のように、昔の池のほとりに咲いている。で、僕はその桜を、無名戦士って呼ぶんです。なにしろ僕は見たことがない木なんだもの。この花の下にいても、僕には遠い……。廃墟なんです。ここは。
老妻　あのう……あなた、おいくつですの……？
病人　僕ですか？　（看護婦へ）姉さん、僕いくつだっけ。

老妻　まあ、お姉さん、でしたの？
看護婦2　いいえ。変わってますの、この患者さん。看護婦を姉さんと呼ぶんですよ。
病人　お嫁さんとは呼ばないから、いいじゃないか。
看護婦2　あら、いやだわ。
病人　じゃ、おふくろって呼ぼうかな。
看護婦2　（大げさに驚いてみせる）まあ！
病人　でしょう。だって、おふくろは世話をしなきゃいけない子供がいる。姉さんだって、手数のかかる弟や妹がいる。そうでしょう、看護婦さん。
老妻　おもしろいことをおっしゃるのね。
病人　だけど、お嫁さんは一人のひとのものだ。そうでしょう、看護婦さん。
看護婦2　ええ、そうよ。じゃ、お姉さんを困らせてはいけないわ、おふくろだなんて。
老妻　本当に、姉弟みたいに仲がいい人ですのねえ……。
看護婦2　ふふふ（含み笑いながら）弟とは六つ違いですの。
老妻　おや、なぞなぞみたいですね、むつかしくて分からないわ。ねえ、おじいさん。
老夫　それはもう、いいじゃないか……。
病人　おじいさんには分かるんだ。……ある年のある日、すべての形と色が目の前から消えてしまった。……その日を境にして、闇の景色がはじまる。それだけじゃない。僕はそれ以来、僕自身すらを見ることがない。いくつになっても、僕の鏡には昔の僕しかうつらない……。たぶん僕は廃墟の中に生きている。廃墟には年がないんだ。

老夫　そうだろうか、廃墟だろうかね、自分が。そうじゃないと思う。やってくる一日一日が、わたしには違ったふうに感じられる。心までが闇の世界に閉じこめられているわけじゃ決してない。

病人　その心というヤツがかたちを欲しがる。見えるもの消えてゆくもの、そんなたよりないものを欲しがるんだ。僕は見たい……僕自身を、僕の前にある世界を。その時はじめて、僕は本当にいる、生きているのだ。……僕は生きてみたい……。

老夫　じゃ死んでいるのかい、君は。おかしいねえ、それは。さっき君は言ったね。この桜は無名戦士。そしてこの庭は廃墟の沼。名前をつけるというのはそれは見たということじゃないのかね、すくなくともあることを感じとるというのは生きていることだ。そうなんだよ、君は生きている。

病人　夢の中で僕は走っている。猟犬のように草原をすばらしいスピードで走っているんだ。風を切って、息をはずませ、額には汗さえかいている。僕は草むらにどっと倒れてみる。青い空だ。僕は二本の脚を思い切り伸ばして空を踏みあげる。まるで青いボールを蹴るみたいに、僕の上で空がはずむ。……目が覚めると、本当に僕は汗をかいている……、僕はみじめだ。そうなんだ、過去の僕が、僕に向かって復讐する？　なぜだ。なぜ僕は復讐されなきゃならないんだ。

老夫　君は、君を憎んでいるのかい？

病人　憎む？　僕が、僕を……。

老夫　わたしにはそんなふうに見える。自分をいたわることだって大事だと思うね。かつてあったものをなくしたのだから。

病人　いたわる？　僕はいやだな。
老夫　そうじゃないか、いたわらなきゃならないんだよ、まず自分を。受け入れなきゃならないんだよ。生きることは、そう言うことかも知れない。
病人　おじいさんは寛大なんだ。つまり従順なんだ。だけど、僕、おじいさんが好きさ。なぜなんだろうね。
老夫　それは、これから友達になれるってことかも知れないね。
老妻　そうだわ……。お友達にね。あたしたちも、ここがすっかり気に入りましたの。
病人　ここにはね、僕の小さな友達がいるんですよ。
老妻　小さなお友達……。
病人　今日はまだ来ていないようだ。お姉さん、そうだろう。
看護婦2　ええ、まだ来ていないようね。呼んでみたら？
老夫　もしかして、その小さな友達は、鳥じゃないのかい？
病人　どうして分かるの？
老夫　わたしもそうだからね。
老妻　その鳥は鳩じゃない？
病人　じゃもう会ったんですね。
老妻　いいえ、まだなのよ。
病人　僕、呼びますよ、見ててくだたい。

病人、ガウンのポケットから鳩笛を出して、吹く。

老妻　あなた！

老夫　鳩笛だね。

老妻　ええ、かわいらしい鳩笛……。

看護婦2　とてもよくなつく鳩なんですの、弟の手のひらからパン屑をついばむんですよ。……どうしたのかしら、今日は……。

病人　おかしいな……こんなことはないんだ……。

看護婦2　どこか遠くへ遊びにでも行ったのかしら……。

老妻　そうかも知れませんね。伝書鳩は、千キロ近くも飛ぶんですもの、普通の鳩だってずいぶん遠くから飛んでくるのかも知れませんわ。

病人　よく知っているんですね、鳩を飼っているんですか？

老妻　ええ、昔、飼っていましたの……。でも、今はもう伝書鳩はおりませんわ……どこにも。

病人　レース鳩がいますよ。あれは一時間に六十キロは飛ぶそうです。僕、いつかレース鳩を飼ってみたい。……おばあさん、僕は歩けないんだ、だから……よけいに、自分の翼でただ一羽《わ》、空をゆくものが……すばらしい。……そうなんだ。すばらしいんだな。

老妻　ええ、すばらしいわ……。あなたもね……。

看護婦2　そろそろ行かなきゃ……、弟の治療がありますの。
病人　今度ゆっくり話してくださいね、おばあさんの伝書鳩。それは戦争の時のことなの？
老妻　ええ、そうでした……でも、うちの鳩は、ねえおじいさん。
病人　うちのはねえ、ほんの手はじめだった……いつかゆっくりお話してやろうね。
老夫　じゃ明日待っていますよ、ここで。いいですね、おじいさん。
看護婦2　明日、ここでだね。
老夫　ええ、明日またね。たぶん鳩にも会えますわ。
病人　さようなら。
老夫妻　さようなら。

車椅子の音。

病人　（遠ざかる声）姉さん。あれを読んでくれないかい。
看護婦2　（遠ざかる声）空で覚えたわよ……。
母よ——
淡くかなしきもののふるなり
紫陽花いろのもののふるなり
はてしなき並樹のかげを

そうそうと風のふくなり

病人　（さらに遠ざかる声）

時はたそがれ

母よ私の乳母車を押せ

泣きぬれる夕陽にむかって

轔々《りんりん》と私の乳母車を押せ

（三好達治「乳母車」）

老妻　あなた……そうは思いません？　似ていますあの声は、あれはあなた、昭一……。

老夫　似ている……。

老妻　あたし、胸がしめつけられるみたいに苦しかった……いいえ、なつかしい……。

老夫　よその息子さんだ。だけど明日また会える。

老妻　ええ、そうしてその次の明日も。ねえ、おじいさん、あたしたちなにかしてあげられないかしら……。

老夫　一緒にレース鳩が飼えるといいんだがねえ……。

老妻　でも、病院ですものねえ……だけどおじいさん、先生にお話してみたらどうでしょう？

老夫　そうだね……そうしてみようか。

老妻　もとはと言えば、この桜の木だったんですね……、今日はとても不思議な日ですねえ、おじいさん。あたしたちも、そろそろ行きましょうか。

二人は歩き出す。

老妻　……足元に気をつけて、階段を、三つのぼりますからね。……暗いわ……。

老夫　明るい外からだったからね、気をつけなさい。……床がきしむ、いいかい……？

老妻　古い、木造の建物なんですよ……ゆっくりとね、おじいさん。……ドアがみんな閉っている……。

老夫　でもどこかに、看護婦さんの詰め所が、あるはずだからね……。

老妻　ええ……。きっとありますよ……。

遠くから鳩時計の音。十一時を打つ。

老夫　あれは……、お前。

老妻　おじいさん、鳩が……。向こうの、ドアが少し開いている部屋だわ……。

老夫　そこからなんだね。ばあさん。もしかすると、あの車椅子の子になついている鳩じゃないのかい……？

老妻　そうっと行ってみましょう、おじいさん。

鳩時計の音、次第にはっきりと。かすかな羽搏きも聞こえてくる。

ドアを静かに開ける音。二人は部屋に入る。

老妻　……いたわ、おじいさん……、かわいらしい鳩、鳩時計ですよ。

老夫　うん……、だけどお前、羽搏きが聞こえる。

老妻　ええ……どこでしょう？

老夫　外じゃないのか？　窓はないのかい。

老妻　ええ……とても高いところに小さな窓があるけど……明かりとりですね。ほかに、ベッドが一つ……、椅子と机……外国の書物が……ここはおじいさん、先生のお部屋じゃないかしら……？

老夫　鳩はいないのだね……。

昭一の声　（遠く。こだまのように）僕のハヤブサ、出してやってよ。窮屈なんだ。

老夫妻　昭一……。

老妻　おじいさん！　鳥カゴ、この鳩だわ。

老夫　出しておやり。窮屈なんだよ。

机の上で風呂敷をほどく。鳥カゴの戸を開く音。

折鶴のハトを出す。鳩の羽搏き。くぐもった鳩の鳴き声。

老妻　羽がいたんでいるわ……緑のハヤブサ。……あなた、そっと抱いてください。白いのですよ。

（老夫に渡す）

老夫　どれどれ。これはハヤテだね。赤いアラワシはどうだい……やはり元気がないのかね。

昭一の声　（遠く。こだまのように）平気さ。ほら、飛べるじゃないか。ずうっと僕と一緒だったんだ。

老妻　昭一……お前、どこから来たの……。

昭一の声　海。海だよ。空いろの。

老夫　お前、ずうっと飛んでいるのかい。

昭一の声　そうだよ。眠る時はね、白いハヤテの翼の上で眠るんだ。おかあさん、そんなに僕を抱きしめないでくれよ。

老妻　ハヤブサよ、これは緑の……。

昭一の声　僕なんだよ。おかあさん。

老妻　昭一……。

老夫　飛んでごらん、おかあさんの腕の中で。それからおとうさんの腕へおいで。

昭一の声　いいよ。おとうさん、大きく腕を広げていてください。

老夫　ああ、思い切り大きく広げるよ。さあ。

老妻　飛んだわ、おとうさん。

老夫　おいで……ここだ。……昭一、お前……翼が、ずたずたじゃないか。そんなにも遠くから来たのか。

昭一の声　ああ、遠かったよ。焔の海を飛んで来た……。

老妻　そうだったの……苦しくなかったの。お前……あの時……。

空襲の幻想。
低空する飛行機の爆音。遠くで炸裂する爆弾。燃え上がる火の音と、風。

昭一の声　焔の中で、僕は聞いた。おとうさんとおかあさんが僕を呼ぶ。
老夫妻　昭一、昭一！
老夫　鳩小屋に火が回ったぞ。
老妻　もどっておいで。昭一！　鳩なんか、いいじゃないの。昭一……おとうさん、おとうさん……
あの子が……、あの子が。
老夫　よし。おとうさんが行くぞ！　鳩小屋の階段をのぼるんじゃないぞ。いいか！　わかったか、
昭一！
老妻　ああ……昭一……あなた……。

建物の焼け落ちる轟音。

昭一の声　おとうさん……おかあさん……。
老妻　どこなの昭一……おとうさん……。

老夫　どこだ。昭一……。
昭一の声　おとうさん。
老夫妻　昭一……昭一……。

荒々しくドアが開く音。

看護婦1　あなたがたね。なにを騒いでいるんですか？　まあ！　折鶴を飛ばして、いったいなにをしているんです？　聞こえないんですか！
老妻　え……？　折鶴……？
看護婦1　おかしいと思った。様子が、最初から。じゃ、伺いましょう。（折鶴をつまみ）これはなんですか。折鶴でなければなんなのです。
老夫　わたしたちのハトだ。
看護婦1　鳩？　これが、こんなものが。
老妻　いじめないでください。
看護婦1　いじめる？　紙の鳥じゃないの。しかも手垢で汚れた。不潔です。（折鶴を引く裂く）
老妻　なにをするの。やめてください。
老夫　ひどい。あなたは……わたしらの心を、あの子を引き裂いているのだ。
看護婦1　あの子ですって？　こんな紙の鳥があの子ですって。やはりあなたがたは病気ね。こういうものと一緒にいては、なおさらいけない。鳥カゴは預かります。分かりましたね。

老妻　返してください。あたしたちの鳥カゴです。

看護婦1　分からない人たちねえ。あなた方はなんなの、宿無しでしょう。一切合財の荷物を持ち込んで。分かってるんです。おとなしくしていなさい。

老夫　それは違う。待ってください、お話します。あなたにも分かっていただけるだろう。

老妻　看護婦さん。

看護婦1、荒々しくドアを閉める。

外から鍵をかける音。向こうから看護婦2が近づいて来る。

看護婦2　あら、鍵をかけて、どうかしたの、ここ?

看護婦1　迷い子の鳩。それもだいぶもうろくした、きたない鳩が、迷い込んだのよ。

看護婦2　鳩?　それ、鳥カゴじゃない?　部屋の中へ閉じこめたの、どうして?　……可哀想だわ、放してやればいいのに。

看護婦1　いいえ。これでいいのです。野放しはいけない、生きものはきちんと管理してやらなければね。あの鳩は病気、しかも反抗的だわ……、今に分かる。院長へ報告するわ。

看護婦2　報告?　だって、鳩なんでしょ。

看護婦1　ええ。そう、鳩よ。(笑う)

二人の看護婦の遠ざかる足音。

老妻　（ドアの把手を動かす）開けてください。看護婦さん、看護婦さん。

老夫　鍵をかけたのか。わたしがやってみよう。（把手を回す）ひどいじゃないか、おい。（把手を回す）……なかなか、開きそうもない……ばあさん……。

老妻　まあ（千切れた鳩を拾い）ずたずたになってしまったわ……あたしたちの鳩。もういないわ……。

老夫　なにも知らないでやったんだ……なにをしたかも知らないで……ひどいことだ。ばあさん、行こう。（床に倒れる）

老妻　おじいさん！　どうしたんですか。

老夫　……胸が、胸が苦しい……。

老妻　おじいさん。しっかりして。呼びますから、今呼びますからね。（激しくドアを叩く）開けてください！　病人が苦しんでます。看護婦さん！　だれか、だれか、たすけてください！　おじいさん、おじいさんが……だれか来て！

激しくドアを叩く音……

出口を求めてむなしく飛ぶ鳩の羽搏きが聞える。

一九七九年二月十日「NHKラジオ劇場」放送。
配役
盲目の老夫　志村　喬　病人 ｝ 市村正親　二役を兼る。
老妻　村瀬　幸子　昭一の声 ｝ 昭一は老夫妻の死亡した若年の息子。
受付の女　島田　雰子　桜の声　観世寿夫の謡と小鼓。能では亡霊出現時には笛なのだが、作者希望により、小鼓を快諾。(一九七八年九月七日録音)。
看護婦1　中村　たつ
看護婦2　大西多摩江
演出　多田　和弘

一九七九年芸術祭参加。後、再放送。
一九八四年八月十八日　旧東ベルリン放送で初放送。
一九八六年八月三日　東ベルリン放送で再放送。

あとがき

死と言う言葉は、生物学的死――心肺停止のみをいうのではないでしょう。ベルナノスの告白に、「私の人生には多くの死があったが、その中で、死に絶えた者の筆頭は、かつての少年だった私である」とあります。

「わたしはジン」は、それぞれ違う時間軸の四人のジンが、モノローグ体の対話を交わす一人のジンにほかなりません。首尾一貫する物語性（秩序）、また日常的写実性を持たない対話なのですから、一般の芝居らしさはありません。劇ニ非《あらざ》ル劇、つまり「非劇」と言われたほうが私には納得がいきます。いっそ「不穏の非劇」とでも……。

清水徹さんは、いみじくもこれを「四声のモノローグ」と評してくださって、その明晰な読解力に感嘆するとともに、私の自覚を強めてくださいました。孤独、狂気、死、絶望にとらわれ、ただ独り生きるジン。一瞬にして廃墟と化した「病めるひとの館」、破壊され尽くした病室で極限の世界を生きるジンを支えていたものは、もしかすると人に備わった尊厳ではないか。たとえ精神を病んでいようが……。いや、病んでいるがゆえに彼女は悲惨の極み、屈辱、辛酸を舐め尽くし、身を以て知り、耐えるほかなかったのです。

ともあれ、とてつもないデフォルメされた不穏な状況設定は、荒唐無稽と言い切れるでしょうか……。地球上にどれほど多量の核兵器があるのか知りませんが、兵器は目的があって開発されたのですから、偶発的にしろ、意図的にしろ、いつか暴走しないという保証はなにもありません。

非常に危うい世界に人は生きています。ここ十数年来、終末論的な想いが脳裏を離れず、鬱屈した果てに「わたしはジン」を書いたのです。当初は漠然とした想いから発する、それこそ観念のチャンク（かたまり）の断片がいくつも乱れ飛びまわって、ハテここに基調音、一筋の流れを通せるのか、はなはだ危うい限りでした。そんな私に励みを与えてくださった方は別役実さん、清水邦夫さんでした。とりわけ清水さんは初稿から稿を改めるたびごとに、心あたたかく根気強くつきあってくださいました。ここに改めて両氏に感謝いたします。


「アンデルセンの椅子」について。

世界的に高名なスイスの精神医学者L・ビンスワンガーの著書『うつ病と躁病』（みすず書房、一九七二年）に記されている、オルガ・ブルムのことば、「幸いにして、ゲーテが自分より先に生きていてくれたので、無理をして、かれのような『ファウスト』を書かないですんだ」。この一文からエヴァ・アンデルセンと自称する二十世紀日本の「老婦人」が発想されたのです。

彼女はハンス・クリスチャン・アンデルセンの姉と称し、旅行中で不在のハンスに代わって『絵のない絵本』の続編「第三十四夜」を書かなければならない観念にとり憑かれたのです。これが軸となった、いわゆる普通の会話劇です。

「血統妄想」はよく知られていて、かつて私も出会ったことがありましたが、ビンスワンガーの記す症例を初めて知り、強く印象づけられ、ある時、ふいに浮かんだものが、「アンデルセンの椅子」

でした。発想のもとは話したくありませんが、数行の言葉が、どんな働きをもたらすか、言葉というものはおろそかにできないと思います。

「鳩」はラジオドラマなので、活字からは俳優の肉声・音楽を聴くことはできません。とりわけ故観世寿夫さんの謡『生田敦盛』の一節と小鼓の音色は、文字で記されているだけなのですから。寿夫さんの録音は、亡くなられる三月《みつき》前の九月七日。鎮痛薬を注射してスタジオにおいでになられたのだそうです。寿夫さんが打つ小鼓の録音は、この時以外にはないのです。亡霊出現時の音楽は笛なのですが、敢えて小鼓をお願いした偶然の結果として、寿夫さんの打つ小鼓の音色が遺されたのでしょう。録音を終えて、その小鼓を「打ってごらんなさい」と寿夫さんはおっしゃいましたが、素人の私がいきなり打っても音が出るわけもありませんし、その小鼓は由緒ある確か「近江太夫」と墨書の薄れた文字が読み取られ、四百年近くの時を経た貴重な美しい鼓に触れるのがはばかられ、じっと見惚れた記憶が今も鮮明に浮かびます。

きわめて個人的な想い出なのですが、あの日のことをここに記させていただきます。旧東ベルリン放送で、謡と小鼓がどのように扱われたかは知る由もありませんが……。

最後に、而立書房の宮永捷さんのご好意によって活字化できましたことをここに深く感謝いたします。

二〇〇四年七月二十八日

石澤　富子

石澤富子（いしざわ　とみこ）
1931年　北海道函館市に生まれる
1958年　日本大学美術科卒
1970年　『どらまないと』を共同構成
1975年　「琵琶伝」で第20回「新劇」岸田戯曲賞受賞
著　書『琵琶伝』

二十世紀　病める人の館

2004年9月25日　第1刷発行

定　価　本体2000円＋税
著　者　石澤富子
発行者　宮永捷
発行所　有限会社而立書房
東京都千代田区猿楽町2丁目4番2号
電話 03（3291）5589／FAX 03（3292）8782
振替 00190－7－174567
印　刷　有限会社科学図書
製　本　有限会社岩佐製本

ISBN 4－88059－320－6 C0074